文春文庫

げんげ

新・酔いどれ小籐次（十）

佐伯泰英

文藝春秋

目次

「新・酔いどれ小籐次」 おもな登場人物

赤目《あかめ》小籐次《ことうじ》　元豊後森藩江戸下屋敷の厩番。主君・久留島通嘉が城中で大名四家に嘲笑されたことを知り、藩を辞して四藩の大名行列を襲い、御鑓先を奪い取る（御鑓拝借事件）。この事件を機に、〝酔いどれ小籐次〟として江戸中の人気者となる。来島水軍流の達人にして、無類の酒好き。

赤目駿太郎　小籐次を襲った刺客・須藤平八郎の息子。須藤を斃した小籐次が養父となる。愛犬はクロスケ。

赤目りょう　小籐次の妻となった歌人。旗本水野監物家の奥女中を辞し、芽柳《めやなぎ》派を主宰する。須崎村の望外川荘に暮らす。

勝五郎　新兵衛長屋に暮らす、小籐次の隣人。読売屋の下請け版木職人。

新兵衛　久慈屋の家作である新兵衛長屋の差配だったが、呆けが進んでいる。

お麻　新兵衛の娘。父に代わって長屋の差配を勤める。夫の桂三郎は錺《かざり》職人。

お夕　お麻、桂三郎夫婦の一人娘。駿太郎とは姉弟のように育つ。

久慈屋昌右衛門　芝口橋北詰めに店を構える紙問屋の主。小籐次の強力な庇護者。

観右衛門　久慈屋の大番頭。

おやえ　久慈屋の一人娘。番頭だった浩介を婿にする。

国三　久慈屋の手代。

秀次　南町奉行所の岡っ引き。難波橋の親分。小籐次の協力を得て事件を解決する。

空蔵《そらぞう》　読売屋の書き方兼なんでも屋。通称「ほら蔵」。

久留《くる》島通嘉《しまみちひろ》　豊後森藩八代目藩主。

池端恭之助　久留島通嘉の近習頭。

創玄一郎太　森藩江戸藩邸勤番徒士組。小籐次の門弟となる。

田淵代五郎　創玄一郎太の朋輩。同じく小籐次の門弟となる。

智永　望外川荘の隣にある弘福寺の住職・向田瑞願の息子。

青山忠裕《ただやす》　丹波篠山藩主、譜代大名で老中。小籐次と協力関係にある。

おしん　青山忠裕配下の密偵。中田新八とともに小籐次と協力し合う。

げんげ

新・酔いどれ小籐次（十）

第一章　殿様の愛妾

一

文政八年（一八二五）、春の陽射しが傾いた刻限、久慈屋《くじや》昌右衛門《まさえもん》の供で伊勢詣でに行っていた赤目《あかめ》小籐次《ことうじ》は、手代の国三《くにぞう》とともに芝口橋近くまで戻ってきた。

白衣は旅塵に汚れていたが、三人の顔は達成感で爽やかな感じを見る人に与えた。国三が背に負っている荷には、一本の竹柄杓《たけびしやく》が括《くく》りつけられていた。三人が芝口橋に足を載せたとき、

「おお、旦那様方が伊勢から戻ってこられましたよ」

と店の前にいた小僧の梅吉が声を張り上げ、いきなり店から飛び出してきたのは、読売屋のほら蔵こと空蔵《そらぞう》だった。

「伊勢詣でたってよ、帰りが遅いじゃないか。赤目小籐次がいない江戸は、婆の弔《とむら》いみたいでよ、景気が悪いや」

いきなり文句をつけた。

「空蔵さん、わしはそなたのために生きておるのではない。勘違いなさるな」

小籐次が空蔵に言い返したが、

「おい、酔いどれ様、冷たいことをいうなよ。おれと酔いどれ様の間柄ではないか。旅でよ、一つ二つ面白いネタがあったろうな。話してくれよ」

と多くの人びとや駕籠《かご》や荷車が往来する橋上でせがんだ。

国三が空咳《からせき》をして空蔵の袖を引き、話を止めようとした。

「なんだい、手代さんよ」

空蔵が国三を振り返った。

「旅から戻ったばかりの赤目様をせっつくのはよくありませんよ。それに旅の主《あるじ》は久慈屋昌右衛門です。空蔵さん、主に挨拶《あいさつ》もなしに明日から芝口橋で商売をなす気ですか」

国三の険しい言葉に、はっ、とした空蔵が、

「これは久慈屋の大旦那様、お伊勢さんから無事のお戻り祝着至極にございます。

読売屋の空蔵、旅の間じゅう、八百万《やおよろず》の神様に昌右衛門様の旅の平穏を祈願しておりました。大旦那様、心おきなくお伊勢参りが出来ましたな」

と揉み手をしながら、心にもないおべんちゃらを述べ立てた。

「空蔵さん、いかにも赤目様のお供のお蔭でな、なんとか無事にお伊勢詣でがなりました。もはや私は思い残すことはございません。明日に身罷《みまか》ってもなんの悔いもございません」

「ちょちょちょっと、そりゃ、困りますよ。旦那がいなければ酔いどれ小籐次も久慈屋の店先で研ぎ場もこさえられますまい。旦那、あと十年といわず、二、三十年は長生きしてくださいな」

「ほら蔵さん、大旦那どのもそなたに纏《まと》わりつかれなければ長生きできようと申されておる。今日は戻りなされ、旅の話は落ち着いてからじゃ」

小籐次が空蔵に言ったが、

「話の頭だけでもダメかね」

と橋を渡る三人に纏わりつくので、

「本日は大旦那どのもお疲れじゃ、また後日」

と引導を渡した。

三人が空蔵を振り切って店に入ると、家族と奉公人が総出で迎えていた。

「ただ今戻りました」

昌右衛門の挨拶に奉公人を代表して大番頭の観右衛門《かんえもん》が、

「恙《つつが》なきお伊勢詣でからのご帰着、おめでとうございます」

と礼を返した。

頷《うなず》く昌右衛門の顔色を見た娘のおやえが、四歳になった孫の正一郎の手を引き、

「お父つぁん、元気そうね」

と安堵《あんど》の声を洩《も》らした。

「おお、正一郎、急に大きくなりましたな」

と昌右衛門が孫に声をかけた。すると、正一郎は爺様に見覚えがないのか、恥ずかしそうな顔をした。そんな様子を見ながら、うんうん、と頷いた昌右衛門が迎えの皆に視線を戻し、

「お蔭様でな、積年の悩みの伊勢詣でを済ませたら、体が軽くなったようでな、帰路は大井川もすぐ渡れ、箱根のお山も難なく徒歩《かち》で越えてきましたよ。それもこれも赤目小籐次様が供をして下さったお蔭です」

「それはようございました」

と観右衛門が応じると、感謝の面持ちで小籐次を見た。

「ご一統様、大旦那どののお蔭でな、この赤目小籐次も国三さんともども伊勢詣でができ申した。お礼を申すのはそれがしのほうでござる」

と応じた小籐次が、

「大旦那どの、国三さんや、本日はゆっくりとお休みなされ。それがしはこの辺で」

と別れの言葉を言うのを遮ったのはおやえだ。

「赤目様、旅が無事に終わった祝いの酒を一杯だけ飲んでいって下さいな。おりょう様がお待ちちゆえ長居はさせませんから」

おやえが小僧の声を聞いたときから仕度させていた濯《すす》ぎの水を入れた木桶を、女衆《おんなし》に運ばせてきた。それを見た小籐次は少しの間邪魔をしようと決めた。

「帰りはうちの者に須崎村まで送らせますからな」

観右衛門にも引き止められて小籐次は久慈屋の奥に通ることになった。

半刻（一時間）余り旅のよもやま話をしながら、わずか一合ほどの酒を頂戴《ちょうだい》した小籐次は、

「本日はこれにて」

と辞去の挨拶を改めてなし、

「大旦那どの、旅の疲れは戻ったあとに出ることもござる。馴染《なじみ》の鍼灸師《しんきゅうし》の源庵《げんあん》さんを呼んで治療を受けられたあと、ゆっくりとお休み下され」

と願った。

「赤目様、お蔭様で宿願が果たせました」

と昌右衛門が改めて礼を述べた。

船着場まで小籐次の見送りに従ったのは大番頭の観右衛門一人だ。

船の仕度がなるのを待つ間、観右衛門が質《ただ》した。

「赤目様、大旦那様がお悩みの一件は、無事果たすことが出来たようですな」

観右衛門の問いに頷いた小籐次は、

「大番頭どの、子細は大旦那どのから直《じか》に聞いて下され」

「お顔の表情は悩みが消えたという感じですよ。どうやら伊勢参りの目的は達成されたようです。となると、大旦那様はすぐにも隠居なさる心積もりですかな」

「これもまたご当人がお話しになろう」

と答えたところに久慈屋の荷運び頭の喜多造から、

「赤目様、舟の仕度が出来たぜ」

と声が掛かった。

喜多造と若い衆一人の二人で小籐次を送るようだ。

「造作をかける」

と喜多造に応じた小籐次が観右衛門に、

「近ごろ新兵衛さんの機嫌はどうかな」

と聞いた。

「本物の赤目小籐次様が留守だと気付いた折から、赤目様の真似もあまりしなくなりましてな、いささか元気がないというか、おとなしいものでした。赤目様にお会いすれば、ふたたび元気を取り戻しましょう」

「本日は須崎村に直行致す。永《なが》の留守をしたでな、いささか望外川荘《ぼうがいせんそう》のことが気にかかる」

「おりょう様も駿太郎《しゅんたろう》さんも息災に過ごしておられますよ。赤目様の留守の間、うちや京屋喜平さんの道具を駿太郎さんが研ぐようになりましてな」

観右衛門が意外なことを言い出した。

「なに、駿太郎がか、それはいささか早い。久慈屋や京屋喜平の道具は長屋の住人の出刃包丁とは違い、職人衆の道具でござる。ちと早計でしたな。皆の衆に迷惑をかけておるのではござらぬか」

「まあ、駿太郎さんの技量は赤目様自らの眼で確かめて下され。円太郎親方が満足する研ぎですよ」

と観右衛門が言い切った。

円太郎親方とは京屋喜平の職人頭だ。

（あの厳しい親方がな）

首を傾《かし》げながら小籐次が舟に乗った。

七つ半（午後五時）時分で未だ春の陽光が穏やかに散っていた。もはや桜の季節は過ぎ、水面に桜の花びら一つ見られなかった。

喜多造が堀の流れに船を乗せた。

小籐次は一月《ひとつき》余留守をした堀の流れに身を任せて、

「江戸に戻った」

という気分がしみじみと湧いてきた。

「赤目様、ご苦労様でした」

喜多造が改めて小籐次を労《ねぎら》った。

「いや、わしは大旦那どのの供でもなければ伊勢詣でなど生涯することはなかったろう。得難い機会を頂戴したのはわしのほうだ」

「やはり伊勢参り、一度はいくものですかな」

「そうじゃな。ただ今思い返すと旅の一齣《ひとこま》一齣が懐かしくも楽しゅう思い出される。むろん外宮内宮《げくうないくう》にお参りして清々《すがすが》しい気分になった。わが腰の次直《つぐなお》もお浄《きよ》めを受けたで、もはや騒ぎに巻き込まれて、次直を鞘《さや》から抜くことはあるまい」

「赤目様、そりゃほら蔵さんだけではのうて、江戸じゅうががっかりしましょうな」

「喜多造さんや、わしも齢じゃ。この伊勢詣でを機会に生き方を変えぬとな」

「赤目様がそう願ったとしても、赤目様を頼りにする人びとがおられますでな」

と喜多造が抗《あらが》うように言った。

「まさかそのようなご仁に心あたりがあるのではあるまいな」

「ございません。まあ、三、四日は望外川荘でおりょう様や駿太郎さんらとゆっくりと過ごされることです」

喜多造は答えたが、なんとなく言外に、

「小籐次を待つ人あり」

を感じさせた。

小籐次はその先を質し、藪《やぶ》を突《つつ》くような真似は止めた。

新兵衛長屋の入口、堀留にちらりと視線をやった小籐次は、長いこと仕事を休んだゆえそろそろ始めぬと、

「釜の蓋があかぬ」

という勝五郎の口癖を思い出した。

築地川から江戸の内海に出た。

潮風がなんとも懐かしい、と感じた時、道中のあちらこちらで見た蓮華《げんげ》畑の光景が思い出された。

海面が西に傾いた陽射しに黄金色に染まっていた。そのことが小籐次にげんげの可憐な紅と白の春の花畑を思い出させたのであろう。

「赤目様、旦那様の顔色が旅に出る前と変わっているように思ったんだがね」

喜多造が言った。

「旅の疲れかのう」

「そうじゃありませんよ。なにか吹っ切れたようでさっぱりとした顔付きと言いたかったんですよ。ああいう顔を、悟りをひらいた顔というのかね」

「ほう、そんな感じがしたか。われら、毎日顔を突き合わせていたでな、気にも

とめなかったがな」

　と応じた小籐次だが、往路と復路では昌右衛門の表情が違っていることは小籐次も国三も承知していた。だが、それを言い出せば、伊勢でなにがあったか、説明することになる。

　この話は昌右衛門自らが口にするか、生涯内緒にするかを決める話、他人が口出しすることではない。

　喜多造と若い衆の漕ぐ舟は、穏やかな波間を縫って一気に大川河口に入り、仕事帰りの船の間を急ぎ遡上していった。

「伊勢もよいが、やはり住み慣れた江戸は格別じゃな」

　と小籐次が洩らすと、

「赤目様には首を長くして待っておられるお方がおられますからな」

「おりょうのことかな」

「それは当然のことですよ。駿太郎さんも一日千秋って顔で赤目様の、親父様の帰りを待っておられましたよ」

「そうか、駿太郎がな」

　小籐次と駿太郎は血がつながった父子ではない。

駿太郎は、小籐次を討つために金で雇われていた刺客須藤平八郎が伴っていた赤子だ。互いがその腕前を察したとき、刺客であることを捨てて、須藤は剣術家同士の尋常の勝負を願った。

その折、須藤平八郎は、敗北した際は赤子を育ててほしいと小籐次に願っていた。

以来、長い歳月が過ぎていった。

駿太郎は、小籐次が実の父を討った仇《かたき》という事実を乗り越えて、育ての親の赤目小籐次とおりょうの子になりきろうと日々努力していた。

「わっしがいうのもおかしいが、駿太郎さんはえらい倅《せがれ》さんですぜ」

喜多造の言葉を嚙みしめた小籐次は大きく頷いた。

「大番頭も言っていたがさ、研ぎをなす構えなんぞは、赤目様譲りだ。いえね、構えだけじゃありませんぜ、わっしがいうのもなんだが、研ぎも一人前だ」

「血はつながっておらぬ」

「赤目様、俗に氏より育ちと言いますぜ」

ふーん

と応えた小籐次は、今一つ腑《ふ》に落ちなかった。まあ、よい、明日にも研ぎを見れば駿太郎の腕が分ろう、と小籐次は答えを出すのを持ち越しにすることにした。

他人の漕ぐ舟に乗って大川の両岸の光景を見ているうちに、いつの間にか須崎村の湧水池に向う水路へと入っていた。

「喜多造さんや、楽をさせてもらった」

と小籐次が言ったとき、クロスケの吠え声が響いた。

どうやら主の帰りを察したか、いや、小籐次の体臭を嗅ぎ分けたか。

船着場にクロスケが姿を見せ、続いて駿太郎ともう一人、娘の影が現れた。おタだ。

「父上、お帰りなさい」

「赤目様、お邪魔しています」

駿太郎とおタが声をかけてきた。そこへ林を抜けておりょうがゆっくりと出迎えに現れた。

「おりょう、駿太郎、夕、クロスケ、ただ今戻った」

小籐次は駿太郎とおタに両手を取られて船着場に引き上げられた。

「なにやら孫に手を引かれる爺様の気分じゃな」

「それ以上幸せな気分がございましょうか」

小籐次とおりょうは言い合い、

「留守の間、差し障《さわ》りはなかったかな、おりょう」

「わが家にはさしてございません、おまえ様」

「ということは他にあるということか」

「お帰りになった早々、さような話は野暮でございましょう。私どもに旅の話をして下され」

と願ったおりょうが、

「喜多造さん、しばらく休んでいかれませんか」

と声をかけた。

「いえ、本日はこのままお暇《いとま》致します。赤目様、おりょう様のそばで三、四日旅の骨休めをなさってくださいよ」

と言い残して喜多造は舟を船着場から離した。

その舟を見送った四人とクロスケが、小籐次を真ん中に挟んで望外川荘の茶室不《ふ》酔庵《すいあん》の傍らに出た。湧水池の水を引いた泉水に濁った夕焼けが映っていた。

「やはりわが家はよいな」

「どうです、望外川荘が己《おのれ》の屋敷と思えるようになりましたか」

「いや、それはない。せいぜい番人どまりかのう。だが、おりょうや駿太郎、それに夕がいるところがわが帰るべき家であることに違いはない」

ふっふっふふ
と笑ったおりょうが小籐次の手を取った。

「おや」

「どうした、おりょう」

「白衣、なかなかの臭いにございますな」

「そうか、臭うか。春とは申せ、毎日白衣を着て歩いたでな。汗や埃《ほこり》が染みていよう。まあ、お伊勢詣での功徳《くどく》と思うてくれぬか」

「それはそうと、昌右衛門様の宿願は果たせたのでございますか」

「会いたいと思われていたお方は、すでに十数年前にお亡くなりになっておられた。昌右衛門どのとわしでお墓参りをして参った。ゆえに積年の想いは、遂げられたというてよいのではないか」

「女性《にょしょう》でしたか」

「どうしてそう思うな」

「男が長年想うておられるお方は女子《おなご》ではございませぬか」

そのとき、母屋の縁側にお梅が立ち、

「旦那様、お帰りなさいませ。湯が沸いておりますよ」

と小籐次に叫んだ。

「駿太郎、どうだ、父と湯に入らぬか」

「えっ、私といっしょですか」

と駿太郎が戸惑いを見せ、

「駿太郎さん、父上と湯に入られるのも親孝行ですよ」

とお梅が駿太郎に勧めた。

「そうか、親孝行か、ならば入ります」

と言った駿太郎が先に湯に入るつもりか母屋へと駆け出して行き、お夕とお梅も続いて、クロスケとおりょうだけが小籐次といっしょに庭にとり残された。

「おりょう、そなたがどのようなことを考えておるか知らぬ。昌右衛門どのが長年想うてこられた女子は、実の母御であった」

と囁《ささや》くと、

「えっ」

とおりょうが驚きの声を発した。

二

望外川荘に久しぶりに賑《にぎ》やかな声が響いた。

主の赤目小籐次が一月余ぶりに旅から戻ってきて、偶《たま》さかお夕が一月一度の須崎村に泊まる日と重なり、おりょう、駿太郎、お夕、そしてお梅が小籐次と膳を並べることになった。

小籐次は駿太郎といっしょに湯に入り、この一月余のうちに体が一段と大きくなっていることを確かめた。

駿太郎は十二歳とはいえ、ふだんの稽古の賜物《たまもの》で足腰がしっかりとしていたし、なにより実父の須藤平八郎の立派な体格を受け継いでいて、近い将来実父の背丈の六尺を越えることを思わせる成長ぶりだった。

「父上、背中を洗わせてください」

駿太郎が洗い場で小籐次の背に廻り、糠袋《ぬかぶくろ》を手にして言った。

「なに、わしの背中を洗ってくれるか」

「私が洗わねば、母上が裾《すそ》を絡《から》げて湯殿に入ってこられましょう。それは敵《かな》いませぬ」

駿太郎が困った顔をし、
ふっふっふ
と小籐次が笑った。

駿太郎は体がいくら大きいとはいえ、思春期を迎えた時節だ。母親に裸を見られるのは恥ずかしいのだろう。

「頼もう」

小籐次は駿太郎の好意を素直に受けることにした。

駿太郎が小籐次の座した背に廻ると、すでに父親の背丈を四寸は越していることをしなやかな体が教えていた。

「伊勢詣では楽しかったですか」

「楽しい話ばかりではなかったがな、旅が終わり、こうして望外川荘の湯に浸《つ》かっていると楽しいことしか胸の中に残っておらぬ」

「久慈屋の昌右衛門様も国三さんも元気でお帰りですね」

「おお、昌右衛門どのはな、帰り道は伊勢参宮道から東海道をほぼ歩き通されてきた」

と言った小籐次は、

「あとで夕餉《ゆうげ》の折に話そうと思うておるがな、そなたと同じ年頃の三吉に率いられた抜け参りの七人と、東海道舞坂宿というところから、いっしょに船参宮《ふなさんぐう》にて伊勢まで参った。三吉らは江戸から抜け参りをしてきたのだが、その途中から従ってきた白犬を連れておった。ゆえに船参宮の間は三人旅ではのうて、三吉たちと犬もいっしょに旅したのだ。賑やかな伊勢詣でであったわ」

「父上、江戸から三吉さんは朋輩《ほうばい》といっしょに伊勢詣でに参ろうとしておられたのですか」

「そういうことだ。弟や幼馴染の仲間の六人を伴い、その上旅の途中から従ってきた白犬を連れ、施行《せぎょう》を頼りに伊勢を目指しておった」

「父上、駿太郎には出来ません。三吉さんは勇気のある人ですね」

「そうじゃな。弟や年下の仲間の面倒を見、道中他人様《ひとさま》の善意を頼りに連れと犬一匹の腹を満たしながら伊勢に行くのは、並大抵のことではないわ」

「三吉さん方といっしょに江戸に戻って来られたのですね」

駿太郎は小籐次の背中を丁寧に糠袋で擦《こす》りあげながら話を続けた。

「それがな、帰りは自分たちだけで旅することを三吉が望んだのだ。久慈屋の大旦那どのについておれば飲み食いには困るまい。じゃが、それでは伊勢詣でに参った意味がないというてな。そうじゃな、いまごろどの辺りを江戸に向っておるか。なにしろ、伊勢の五十鈴川《いすずがわ》で身代わりのお浄めの水浴をする礼として、何文かの布施を頂戴する。その銭を集めて、路銀にしようというのだ。途方もないお伊勢参りよ」

「驚きました。駿太郎にはやはり出来ません」

「三吉はこたびの伊勢への抜け参りを無事終えたら、来年奉公に出るそうだ。必ずや伊勢詣での経験が奉公の折に役に立とう」

小籐次は駿太郎に答えながら、三吉たちがいまごろどの辺りを歩いているか、元気かどうか、やはり気にかかった。

「戻ってきたら三吉さんに会いとうございます」

「そうじゃな、あの者たちが戻ってきたら、嫌でも芝口橋の久慈屋の前は通るわ。必ず立ち寄っていこう。その折は駿太郎に引き合わせよう」

と小籐次が約定《やくじょう》した。

「おまえ様、駿太郎、話が弾んでいるようですが、膳の仕度が出来ておりますよ」

湯殿の外から、おりょうが声をかけた。

「おお、いま参る」

駿太郎が背中にかけ湯をして、二人はふたたび湯に浸かることにした。

「着替えはここに置いておきますよ」

おりょうの声がして気配が消えた。

「駿太郎、こちらは何事もなかったか」

「父上が江戸を不在にしておられるのです。うちにはなにも」

と含みのある言葉で答えた駿太郎が、

「ああ、そうだ。母上といっしょに駿太郎は祖父上《じじうえ》と祖母上《ばばうえ》の屋敷に一晩泊まりました。お二人はえらく喜ばれておりました」

「そうか、北村舜藍《しゅんらん》様のお屋敷に二人して泊まったか。それはなによりの話ではないか」

おりょうの実家とは、近ごろ急に親しく付き合うようになっていた。

小籐次は体を温めると駿太郎より先に湯船から上がった。

「旅の垢《あか》をさっぱり洗い流してくれたで、なんとも気持ちがよいぞ、駿太郎」

と小籐次は礼を述べると先に脱衣場に上がり、おりょうが仕度してくれた浴衣《ゆかた》

を着ると、

「駿太郎、先に座敷に戻っておる」

と言い残してその足で仏間に入り、己の亡父亡母の位牌に手を合わせた。

膳を囲んで小籐次がおりょうの酌で酒を一口舐《な》めたとき、駿太郎が船参宮には抜け参りの連れがいたことをおりょうたちに告げた。

「なんですと、駿太郎と同じ年頃の男子《おのこ》を頭《かしら》に七人連れ、それに途中から加わった犬ですって。なんとも賑やかな旅でございましたな」

「三吉は感心な子でな、弟の勉次が妙な女にかどわかされたとき、わしに力を貸してくれと求めてきたのだ」

と前置きした小籐次は、掻《か》い摘《つま》んで騒ぎの経緯《いきさつ》を一同に語り聞かせた。

「おまえ様のいくところ、必ずや騒ぎが起こります」

「おりょう、わしが望んだことではないぞ。ただし、こたびの一件は、島田宿での川止め、それに舞坂宿での三吉たちとの出会いと、わしが関わっていたで勉次がかどわかされたのだから、わしが負うべき咎《とが》ともいえる」

「伊勢の神域にさようなな女子がおりましたか」

「奇妙な術をつかう神路院《じんろいん》すさめことお風《ふう》もまた高麗広《こうらいびろ》に捨てられた娘、同情すべき点がないではない」

「いえ、お風さんを捨てた実の親もいれば、その赤子を育てた親もございます。お風さんが格別というわけでもございますまい」

おりょうの言葉に小籐次は頷いた。

「夕、新兵衛さんは相変わらずのようだな、観右衛門どのに近況は聞いた」

小籐次が最前から黙って皆の話を聞くお夕に尋ねた。

「爺ちゃんは、分っているのです。赤目小籐次様がこの江戸にいないことを承知しているのです。だから、えらくおとなしくしておりました。赤目様が江戸に戻られて、きっと元気を取り戻します」

「ああ、近々新兵衛さんに挨拶致そう」

と小籐次がいうと、

「おまえ様の帰りをお待ちのお方がほかにもおられます」

とおりょうが言い出した。

「まさかお上《かみ》の手伝いをなせというような話ではあるまいな」

小籐次がお上といったのは南町奉行所のことだった。

「いえ、秀次親分さんだけではございません。なぜか予定を早めて、森藩の殿様が参勤上番で江戸藩邸に戻られたそうです。近習頭《きんじゅがしら》の池端恭之助《いけはたきょうのすけ》様が時折り姿を見せられて、困った顔をしておられます」

「なに、わが旧主久留島通嘉《くるしまみちひろ》様からの呼び出しか」

「はい」

「火急の用件であろうかな」

「さあて、池端様も御用のことはご存じないように思えます」

小籐次はちびちびと飲んでいた酒を止めて、めしにした。

「まさか海防策の大砲をなんとか出来ぬかというような相談ではあるまいな」

幕府はこの二月、頻繁に和国近くに姿を見せるようになった異国船を、

「二念なく打ち払うべし」

という「無二念打払令」を発布した。これは国籍の如何《いかん》を問わず、また交流のあるオランダ船でさえ、見分けが付かなければ打ち払ってよしという厳しい触れであった。この「無二念打払令」に則して、幕府は大名諸家に海防策の整備を、具体的には海岸線への大砲の装備を命じていた。

だが、森藩のように貧乏小名では大砲一門すら購《あがな》う金子《きんす》の余裕がなかった。ゆえに森藩の飛び地の海岸線に杉の丸太で拵《こしら》えた「大砲」を設置していることを小

篠次は承知していた。

「おまえ様に大砲がお分りでございますか」

おりょうが訝《いぶか》し気な顔で問うた。

「分らぬな」

「ならば大砲の話ではございますまい」

頷いた小篠次が駿太郎に、

「一郎太《いちろうた》と代五郎《よごろう》はいつ稽古に来るな」

「このところ殿様が在府ゆえ三日に一度のわりで稽古にお見えです。明日には、お二人は、いえ、ひょっとしたら、池端様もいっしょにお見えかと存じます」

「そうか、明日参るか。ならば池端どのに話を聞いてから藩邸を訪ねることに致そうか」

と決めた。

小篠次が床に入ったのは四つ（午後十時）の刻限だった。旅のあれこれを思い出していると、寝化粧をしたおりょうが小篠次の床に身を入れてきた。そして、おりょうは両腕で小篠次を抱きしめて、

「ようお帰りになられました」

と言った。

「おりょうや駿太郎のもとに帰るのは当たり前のことではないか」

「望外川荘は赤目小籐次の屋敷でございます」

「ゆえに当然のことじゃ」

「とは申せ、旅に出ますとあれこれとございましょう」

「爺様二人と手代のお伊勢参りじゃぞ」

「久慈屋の大旦那様の実の母御が伊勢におられたそうな。どのような話にございますか」

おりょうが関心を示した。

「この話、昌右衛門どのとわしの二人の内緒ごとじゃ」

「りょうと小籐次は一心同体にございます」

「なぜ拘《こだわ》るな」

「少々聞かされただけで得心できる話ではございませぬ」

おりょうは庭で小籐次が告げたことを言っていた。

「あれは余計であったな。旅から戻り、そなたの顔を見て、つい気が緩《ゆる》んだ」

「昌右衛門様は、お内儀やおやえさんに話されませぬか」

「あれこれと考えたが、昌右衛門どのの胸に秘めてあの世まで持っていかれるような気が致す」

「それほど聞き苦しい話にございますか」

「いや、昌右衛門どのの五十数年来の秘密じゃが、真実を探り当ててみれば、なんとも喜ばしい話であった」

「ならば、りょうにも話して下され」

とおりょうが迫った。

「今宵の話は赤目小籐次、明日には忘れる。おりょう、そなたも誓えるか」

「神仏にかけてお誓いします」

とおりょうが言い、小籐次の顔を見下ろした。

「長い話じゃぞ」

と前置きした小籐次が、明和八年（一七七一）のおかげ参りに八歳の昌右衛門が行ったところから話を始めた。

聞き上手のおりょうの相槌《あいづち》もあって、半刻ほどで昌右衛門の実母のお円のことや、お円の倅や孫に会った様子を語った。

小籐次の話が終わってもおりょうはしばらく沈黙していた。そして、黙ったまま小籐次の胸に手を置いた。

「五十数年前の昌右衛門様の伊勢参りにはさような秘密が隠されてあったのですか」

小籐次は感情のこもったおりょうの言葉にただ頷いた。

「育ての親御のお孝さんは八歳の昌右衛門様が実の母親に会うことを承知で、おかげ参りに送り出したのでございましょうね」

「むろん承知であったはずじゃ」

「昌右衛門様は母親をお二人お持ちだったということが、こたびのお伊勢参りではっきりしたのです。目出度《めでた》い話ではございませぬか」

「おりょう、それは他人ゆえ言えることでもあるがな」

「いかにもさようでした」

と言ったおりょうが、

「よい話を聞かせてもらいました。代わりにりょうがおまえ様の疲れをとって差し上げます」

と顔を小籐次の大顔に寄せてきた。

次の日、駿太郎がお夕を新兵衛長屋に送っていった。

小籐次が、弘福寺の寺道場で旅の疲れをとるように来島《くるしま》水軍流の正剣十手をゆるゆるとした動きで繰り返していると、

「おお、赤目様が戻っておられるぞ」

という声がして創玄《そうげん》一郎太、田淵《たぶち》代五郎の二人の他に池端恭之助が本堂前に立っていた。

小籐次は次直を鞘に納めると、

「昨日戻った」

と帰着の挨拶をした。

「駿太郎は夕を芝口新町まで送っていっておるで、わしが駿太郎の代役を務めよう」

と言った小籐次が竹刀《しない》を手にした。

「赤目小籐次様、ご壮健にて祝着至極にございます」

近習頭の池端恭之助がいささか堅苦しい挨拶を返した。

「何度も望外川荘に顔を見せたそうじゃな」

「は、はい。そのことは稽古が終わったのちに」

と恭之助が応じた。

「ならば、そなたから付き合うか。旅の間は体を動かす機会がなくてな、相手が欲しいところであった」

小籐次の言葉に池端恭之助が稽古着に替えようとした。と、そこへ、

「あれ、大師匠が戻っていたのか。駿ちゃんの稽古でもきついのに、親父様が代役とは、一郎太さん、代五郎さんよ、青あざが体じゅうに増えるぜ」

と寺の後継ぎの智永が現れてぼやいた。

「智永、そなたは最後にみっちりと指導をしてくれん」

「じょ、冗談はなしにしてくんな。おりゃさ、弘福寺の後継ぎでよ、剣術遣いになるんじゃないからな」

と言い訳をした。

「寺の住職になるにもそれなりの修行がいる。この寺道場の稽古もその一環と思え。後々役に立つときがくるでな」

と小籐次が答えたところに、恭之助が稽古着姿に竹刀を手にして小籐次の前に座して、

「ご指導宜しく願います」

　と一礼した。

　恭之助に始まり、一郎太、代五郎と終わったところで駿太郎が寺道場に戻ってきた。

「おお、ちょうどよかった。駿ちゃん、おまえさんの番だ」

　と智永が稽古の番を譲った。

「父上、稽古をお願いします」

　駿太郎が久しぶりの父との稽古に張り切った。だが、張り切れば張り切るほど、小籐次の竹刀が駿太郎の体じゅうを叩いて、転がした。

　半刻の稽古が終わったとき、駿太郎が愕然《がくぜん》として床にへたり込んで、

「あれほど稽古したのに、父上にちっとも近付いておらぬ」

　と嘆いた。すると恭之助が、

「駿太郎さん、われらも最前からさんざんな目に遭わされました。指導のあと、あれこれ考えまするに赤目小籐次様は、こたびの伊勢参りでなんぞわれらが知らぬことを経験されて、剣術家としてさらなる高みに辿《たど》りつかれたのではございますまいか」

と推量を告げた。

三

小籐次は池端恭之助といっしょに小舟に乗って隅田川を下ることにした。一郎太と代五郎は、もうしばらく駿太郎と稽古をして徒歩で江戸藩邸に戻るという。というより恭之助の話は小籐次の他に聞かれてはならないことを二人は考慮して、同行することを遠慮したのだ。

小籐次と恭之助が望外川荘を出立したのは、朝餉と昼餉を兼ねた食事を摂《と》った四つ半（午前十一時）過ぎのことだった。

「今晩遅くなっても戻ってくる」

小籐次はおりょうに言葉を残した。

池端恭之助の様子から見てもそう深刻な話とは思えなかったからだ。

久しぶりに小舟の櫓《ろ》を握り、隅田川から大川へと呼び名が変わる辺りで、

「池端どの、森藩は参勤上番の費《つい》えに苦労したのではないか」

小籐次が恭之助に話を切り出した。

「道中奉行どのの話では、城下の商人にだいぶ融通を受けての道中と聞いております」

「そのことと殿のお呼び出しは関わりがあるのかな」

「いえ、それはなんとも申せませぬ」

と恭之助は曖昧《あいまい》な返事をした。

「どういうことだ。国許でなんぞ大事が出来《しゅったい》したということか」

「はあ、そのようなことかと」

恭之助の言葉は煮え切らなかった。

「池端どの、この期《ご》に及んで話すことを躊躇《ちゅうちょ》しても致し方あるまい。それがしは聞かぬでも一向に差し障りはないでな」

「そ、それは困ります」

破《や》れ笠をかぶって陽射しを避けた小籐次の強い口調に恭之助が慌てた。それでも恭之助はしばし沈黙を守り、考えを整理している表情を見せ、ようやく切り出した。

「赤目様は国許へ一度も参られたことはございませぬな」

「念押しするまでもなく、それがし、江戸の下屋敷の厩番《うまやばん》を父から引き継いだのだ。参勤交代の一員に指名されたことはないな。それがしが可愛がっていた馬を上士に差し出すだけの勤め、森藩の領地は全く知らぬ」

「藩財政もご存じございませぬか」

「一言でいうならば貧乏、財政も破綻しておるのではないか」

「真《まこと》にもって恥ずかしいかぎりです」

恭之助が己のことのように恐縮した。

「森藩の特産が明礬《みょうばん》であったな。八代の通嘉様も財政逼迫《ひっぱく》に苦労をなさっておられよう」

小籐次はかつて森藩の明礬の権利をめぐる騒動に巻き込まれたことを思い出して言った。その言葉に頷いた恭之助が、

「こたびの出府で路銀の助けを受けたのは城下のある商人です。他国ほどではございませぬが、長崎口の品を藩でも扱っております。その商人は頭成《かしらなり》の船問屋を兼ねた小坂屋金左衛門でございましたそうな」

「ほう、森藩は領地の大半が内陸にあって、ただ一箇所頭成が海に接した湊であったな」

「はい。町家の数は百余軒にございます。その頭成での商いを支配しているのが

小坂屋でございますがな、この小坂屋に齢は二十一の采女《うねめ》なる見目麗《みめうるわ》しい娘がございましてな。この娘に殿様が惚れたとか、江戸に行きたい娘の方から殿に懇願したとか、同行の朋輩の間では諸説飛び交っております。というのも、参勤上番の道中に采女が下女というかたちで同行し、関所では別れて通ったりしたそうな。それがしは未だ采女には会っておりませぬ」

「なに、参勤交代に女子が加わって江戸へと出て来られたか。それは面倒のタネではないか」

「いかにもさよう。江戸にはご正室様がおられます。道中の間は、道中奉行もえらく神経を使われたそうな。俗に『出女に入り鉄砲』と申しますから、関所では別れて森藩とは関わりない女子として、江戸へ入ってこられました。今は下屋敷におられます」

恭之助は采女の旅を繰り返して告げ、町人の娘に対し、敬語を使った。

「池端どの、殿と采女は懇《ねんご》ろの間柄であろうな」

「はあ、どうやら国許にいるうちにさような間柄になったようです」

「殿は、これまで国表に側室をお持ちになったことはないな」

「はい、我が藩は貧乏藩ゆえ側室を持つ余裕などないと申され、また奥方様に通《みち》容様《かた》がお生まれになったこともあり、重臣方も敢えて世継ぎのために側室を勧めることはしておりませぬ。その通容様はただいま十五歳に成長されておられますゆえ、藩の後継ぎは心配ございませぬ」

ふーん、と小籐次は大きな息を吐いた。

「殿は四十一歳であったな、側室があっても不思議ではない」

「ですが、江戸に同行したとなると厄介でございますぞ」

「いかにもさよう」

小籐次は櫓に手をかけて大川を下りながら、

「殿に若い女子ができたか」

と呟《つぶや》き、なんとなく己の身にてらして複雑な気持ちになった。

「殿がそれがしを呼び出された理由はなんだ」

「それがいま一つそれがしには分りませぬ。殿は小籐次を呼べの一点張りで、一方江戸藩邸の重臣方は『われらも知らぬ殿の秘め事を元家臣に知られるのは芳《かんば》しくない』と申されておられます」

「重臣方は、元厩番に知られるのを嫌われたか」

「まあ、そのような具合でございます」

池端恭之助が正直に応じた。

舌打ちした小籐次は櫓を操りながらしばし思案した。

小舟はいつしか永代橋に接近していた。

「そなた、采女に会ったことはないというたな」

「はい」

「奥方様はすでに承知か」

「いえ、道中奉行から厳しく箝口令《かんこうれい》が敷かれたとか。そのようなことはご存じありますまい」

「最前、江戸藩邸で噂になっておるというたではないか」

「かようなことは隠し切れるものではございません。藩邸内の一部には」

「知られておるか」

「はい。ともあれ重臣方も奥方様に知られぬよう、非常に気を遣っておられますゆえ、ただ今のところは」

「じゃが、いずれ奥方様の耳に入ろうな」

「はい」

「長屋の住人ではないゆえ、殿様と奥方様が摑《つか》み合いの喧嘩はなさるまいが、困ったことよのう」

「そのようなわけで赤目小籐次様のお力を殿はお借りしたいのではございませぬか」

「それがしが出てどうなるものでもあるまい。俗に『夫婦喧嘩は犬も食わぬ』というが、こちらは妾話がからんでおる、厄介きわまりないぞ」

「赤目様、なんぞよきお知恵はございませぬか」

「さように都合よき知恵などあろうはずはないわ」

と言った小籐次は、

「下屋敷でも困っておいでであろうな」

「用人高堂伍平《たかどうごへい》どのがお困りだと聞いております」

「どのようなことを困っておられる」

「聞くところによると、采女は口の奢《おご》った女子とか、下屋敷の膳では満足せぬようなのです。『あれを食いたい、これを持て』と注文がうるさいそうですが、下屋敷の費えでは購えぬものばかりだそうです」

小籐次は高堂伍平の苦虫を嚙み潰したような顔を思い出した。

「どう致しましょうか」

「池端どの、殿様にお目にかかる前に采女なる者を見てみぬか」

「ほう、それはそれは」

と思いがけない小籐次の申し出に応じ、

「それがし、考えもしませんでした」

「人柄を見ぬことにはなんとも言えまい」

「で、ございますな。ならば下屋敷を訪ねますか」

と恭之助も賛意を示した。

小籐次は流れに乗せた小舟の櫓に力を加えた。

大川河口から江戸の内海の岸辺を伝い、浜御殿を横目に豊後《ぶんご》森藩の上屋敷のある元札之辻を過ぎて、この界隈《かいわい》で高輪北横町と呼ばれる辺りの浜に小舟を着けた。

すると、浜で網を繕《つくろ》っていた漁師の頭分が、

「おい、ダメだダメだ。だれでも舟をつけていい浜じゃねえよ」

と怒鳴った。

「すまぬ、短い時でことをすます」

と小籐次が応じると、

「おや、その声は酔いどれ小籐次様ではないか。貧乏大名の下屋敷に用事か」

「そういうことだ」

「ならば、浜に押し上げておきねえ」

と許してくれた。

若い漁師たちが手伝ってくれて、丸太を石ころだらけの浜に敷いてあっさりと小舟を上げた。

この界隈は小籐次の縄張りだ。御鑓《おやり》拝借の騒ぎ以来、品川宿で赤目小籐次を知らぬ者はいなかった。

「酔いどれ様よ、どこぞに旅をしていたんじゃねえか」

「紙問屋の久慈屋の大旦那のお供で伊勢参りに行っておった」

「おお、お伊勢様か、いい旅をしたな」

「伊勢詣でに船で行くことができるなど、知らなかったわ」

「船参宮か。三浦辺りから漁師たちが繰り出すな」

さすがに高輪の浜の漁師は船参宮を承知だった。

「舟はおれたちが見張っているよ。行ってきなせえ」

「相すまぬな」

高輪の浜から寺町と武家屋敷、それに下高輪村が混在する坂道を鉤《かぎ》の手に曲ると、芝二本榎《にほんえのき》の三俣《みつまた》にでる。

「赤目小籐次様の盛名もさることながら、さすがにこの界隈をとくとご承知ですね」

池端恭之助が感心した。

「物心ついたときから、この界隈が遊び場じゃ。知らぬ道はないな」

「その折におりょう様を見初められましたか」

「池端どの、本日はそれがしの話ではあるまい」

「おお、いかにもさようでした」

と恐縮した恭之助に、小籐次が質した。

「最前、舟で采女は口が奢っておるというたな。頭成にはあれこれとものがあふれておるのか」

「いえ、頭成も百余軒の湊、ものがあふれておるわけではございません。されど、小坂屋金左衛門の娘は、父親に連れられて長崎に何度も行ったとか。ゆえに異国の品があふれた長崎で異国の食い物などを食したのでございましょう」

「長崎を承知か」

小籐次は一つだけ得心した。となると貧乏の極みのような森藩の下屋敷の暮らして満足するはずもない。いよいよ高堂用人らの困惑が目に浮かんだ。

「殿はこのまま下屋敷に采女を住まわすお積もりか」

「無理でございます」

と言い切った恭之助が、

「その辺りを赤目様にご相談なさるお積もりではありませんか」

と言った。

森藩の下屋敷のある今里村に入ったところで下屋敷から乗り物が出てきた。小籐次のかつての朋輩たちが何人かと女衆が供に従い、門前で高堂用人が乗り物を見送るために姿を見せた。

「おお、赤目小籐次か。下屋敷に御用か」

乗り物に付き従う下屋敷の士分の一人、軽部助太郎《かるべすけたろう》が声をかけてきた。そして、小籐次に同行するのが近習頭の池端恭之助と知り、

「これはこれは、池端様」

と丁重に挨拶した。

「どこぞにお出かけか」

乗り物の人物がだれか気になる様子で恭之助が尋ねた。

「采女様が殿とお会いしたいゆえ上屋敷に参ると申されて」

と小声で応える軽部を恭之助が乗り物から引き離し、何事か押し殺した口調ながら強い調子で言い聞かせていた。

「なぜ乗り物を止めなさった」

乗り物から声が掛かった。

采女の下女が、乗り物の引戸を少し開けた。すると乗り物の中から女の顔が覗《のぞ》き、小籐次と眼を合わせることになった。

「何者です」

采女が小籐次に尋ねた。

「わしでござるか、赤目小籐次と申す研ぎ屋爺にござる」

「赤目小籐次ですと。殿がご自慢の赤目小籐次がかような年寄りのわけがない。名を騙《かた》ったのであろうが、さような真似は許しませんぞ」

と采女がいうところに高堂用人が歩み寄ってきて、

「采女様、このもくず蟹を押しつぶしたような顔の年寄り爺が赤目小籐次に間違いございませんぞ」

と余計な言辞を弄した。

「なんですと、殿が申される赤目小籐次とまるで別人です。用人、早う乗り物を出しなされ」

と命ずると、采女は自らぴしゃりと引戸を閉ざした。

軽部助太郎が小籐次になんともいいようのない顔を見せ、

「陸尺《ろくしゃく》、駕籠を」

と進むことを命じた。

采女の乗った乗り物を小籐次、高堂用人、そして、池端恭之助が見送ることになった。

「池端様、上屋敷に向うように命じられましたか」

「高堂用人、さようなことが出来るはずもない。品川宿辺りをぐるりと回ってこよと命じたところだ」

「戻られたら、采女様が激怒致しましょうな」

高堂用人がほとほと疲れたという顔で恭之助に言い、小籐次に視線を移して、

「赤目、そなた、何用か」

と尋ねた。

「用はもう済み申した」

「どういうことか。わしの顔を見に参ったか」

「いえ、殿様の愛妾の面をな、覗きに参った」

「なに、赤目小籐次、そのほう、いつからさような大言を吐くようになった。殿の側室になるやも知れぬお方じゃぞ」

小籐次が恭之助を見た。

「あれはいかぬ」

「いけませぬな」

小籐次の言葉に恭之助が強い調子で応じた。

「赤目様、殿にどう申されますな」

恭之助が小籐次に問うた。

「それがしの手に負える女狐《めぎつね》ではござらぬ。殿の熱が冷めるのを待つしかあるまい」

二人の会話を聞いていた高堂用人が、

「そなた、殿に命じられて下屋敷にきたのか」

と尋ね、

「いえ、上屋敷に向うところでござる。されど、その前に采女と申す女の顔を見に参ったのでござる」

　と小籐次が応じた。

「で、殿にお会いするつもりか」

「会うたところで申し上げることもござらぬ」

　と小籐次が答えると、

「それはなりませぬ。赤目小籐次様が最後の頼みの綱なのです」

　と恭之助が言い、

「赤目、そなたがあの女子をなんとかせぬと、下屋敷はがたがたじゃぞ。あれは食えぬ、これは食えぬと食いものにはうるさいわ、芝居見物に連れていけ、吉原というところ女子が入ってはならぬかと、言いたい放題じゃぞ。最後は金ならあるとこれ見よがしにわれらに見せびらかしおる。内職などこの数日全く手が付けられんで、あの女に振り回されておる」

　高堂用人も積もり積もった鬱憤を吐き出した。

　三人は顔を見合わせ、期せずして大きな息を吐いた。

「さて、どうしたものか」

「それがしにはなんの考えも浮かびませぬ」

と池端恭之助がぼやき、

「下屋敷から一刻も早く采女様を連れ出してくれぬか、赤目小籐次」

と昔の上役が小籐次に願い、

「一刻半（三時間）もすれば戻ってくる。さすれば、また大騒ぎになるは必定《ひつじょう》、どうするな、赤目」

とさらに言い足した。

「ご用人、どのような手を使っても下屋敷を追い出すしかありますまいな」

「上屋敷はなりませぬぞ」

小籐次の言葉に池端恭之助が言った。

「よし、一日二日、時を貸してくれませぬか、ご用人」

「赤目、あの女が得心する手があるか」

「赤目様、ともあれ殿様に会わせてはなりませぬ」

高堂用人と池端恭之助が相次いで小籐次に迫り、注文を付けた。

「あの女に江戸を満喫させるしか手はあるまい、身銭でな」

「さような手がございますか」

と恭之助が質した。だが、その折、小籐次に確たる答えがあったわけではなかった。

四

小籐次は元札之辻にある森藩上屋敷を池端恭之助の案内で訪ねた。高輪北横町辺りの浜に上げていた小舟を漁師らに礼を述べて引き取り、元札之辻近くの浜へと移動させたのだ。

久しぶりの森藩上屋敷の訪《おとな》いだった。

「これはこれは、赤目小籐次様、ご機嫌麗しゅうございますな」

とか、

「伊勢詣でに参られていたと読売が書き立てておりましたが、伊勢からはいつお戻りで」

とか門番に挨拶されるのに会釈《えしやく》を返した小籐次は、池端恭之助に伴われて玄関を避けて庭へと回った。そして、東屋《あずまや》に行くと恭之助が、

「しばしこちらでお待ちを」

と願い、姿を消した。

小籐次は一人になると、

（さてどうしたものか）

と思案に暮れた。

恭之助も高堂伍平も殿にお目にかかり、

「殿のご意向」

を伺《うかが》うのが先決と小籐次に幾たびも願った。そんなわけで上屋敷を訪れてはみたが、かような用事にどうしたものか、小籐次は途方に暮れた。

国許に側室がいるのかどうかさえ、下屋敷の厩番時代は知らなかった。それでも、

「森藩のどこに側室を入れる余裕がある」

とか、

「殿は江戸在府の奥方を大事にしておられる」

とか噂を耳にしたことがあった。

その後、小籐次が藩を離れて市井《しせい》の暮らしに身を移したため、殿の通嘉が若い町娘に惚れるなど夢想もしなかった。

（殿は女子に慣れぬゆえ、若い采女の魅惑に嵌《はま》ったか）

小籐次の思案がまとまらないうちに、恭之助一人だけを供に久留島通嘉が姿を見せた。その顔は、疲労困憊《こんぱい》していた。

「赤目小籐次、遅いではないか。予を何日待たせたと思う」

まず通嘉がいきなり文句をつけた。

「畏れ入ります。お聞きおよびとは存じますが、久慈屋の主の供で伊勢詣でに参っておりましてな。殿、伊勢はそれなりに遠うございます、行くだけでも十日以上かかります。なにしろ久慈屋昌右衛門どのも還暦を過ぎておりますでな、そう急ぎ旅もできません」

「言い訳はよい」

通嘉が小籐次に言い放ち、

「下屋敷を訪ねたそうじゃな」

「はい」

「会うたな」

「会うとはどなたにでございますすな」

「知れたこと、采女じゃ」

「おお、あの女子ですか」

顎を撫《な》でた小籐次は、通嘉の問いにしばし間を置いた。

「小籐次、どうした。采女をどう思う」

通嘉がはっきりと応えぬ小籐次に迫った。

「殿、あの女子に惚れましたか」

不躾《ぶしつけ》な問いに池端恭之助が両眼を丸くして小籐次を見た。だが、小籐次は平然としており、通嘉は悄然《しょうぜん》として首を横に振った。

「なに、惚れてもおらぬ女子を参勤交代でいっしょに江戸まで連れて参られましたか」

小籐次が旧主に詰問した。

家臣ではできぬことだった。

だが、小籐次はもはや森藩を離れていた。遠慮は要らぬ、と思った。正面から問い質すことがただ今の通嘉には必要だと小籐次は感じていた。

しばし沈黙していた通嘉がぼそぼそと言い出した。

「小籐次、逢うた当初は若い娘についいな、その、そそられたというか、食指が動いた。じゃが、江戸へ連れていけと強く言われるようになってな、苦境に嵌り、ついかような仕儀に陥った」

「もはや采女には未練がないと申されるのでございますな」

「まあ、そういうことかのう」

小籐次はしばし沈思し、

「で、殿はどうなされようと考えておられるのでございますな」

「そのことだ。どうすればよい。そなたは世間を知った知恵者じゃ、なにか考えはないか」

「殿が頭成に戻れとお命じなされてはどうでございましょう」

「あの女子が予のいうことなど聞くものか」

と言った通嘉が、

「小籐次、奥に知れたのだ」

と力なく呟いた。

「奥方様はなんと申しておられます」

と小籐次が尋ね返した。

「ただな、『行列に付かず離れずして江戸入りした女子がおるそうな。さようなことを公儀に知られたら、森藩はどうなりましょうか』と糺《ただ》し、冷たい視線で予を睨《にら》みよるのだ。予の気持ちにもなってみよ、生きた心持もせぬわ、小籐次」

「自業自得にございます、殿」

小篠次が冷たく言い放った。

「なにか手立てはないか、小篠次」

と懇願する通嘉が不意に思いついたように、

「おお、そうじゃ、そなたの住まいの望外川荘はなかなか風雅にしてよきところというではないか。しばらく預かってはくれぬか」

と言い出した。

「殿、お断わり致します。わが家にまで波風を立てる真似はしたくございませんでな」

小篠次は即答した。

「小篠次、『御鑓拝借』の騒ぎでは予の苦境を助けてくれたではないか」

「あれとこれとは違います。それにあの女子、須崎村が気に入るとは思いません。采女なる女子、江戸の繁華に憧れて殿に従ってきたのでございましょう。下屋敷から移る場所は、江戸の賑わいのある場所でなければ満足致しますまい」

「わが上屋敷もかろうじて大木戸内、決して繁華とは言えぬな。それに奥もおる。とても言い出せぬわ」

小籐次の頭にふと考えが湧いた。

「赤目様、なんぞ知恵がございますか」

小籐次の顔の変化に気付いた池端恭之助が期待を寄せるように見た。

「殿、池端どのを一日二日お借りしてようございますか」

「采女が下屋敷から出ていくなれば、いや、この上屋敷に参るのはよくないぞ。予は奥に生涯頭が上がらぬことになるからな」

「殿、それどころか上屋敷が下屋敷同然にがたがたになりまする」

「それは困る、小籐次」

「殿、それゆえ頭を悩ましておりまする」

「小籐次、池端をそなたの家臣と思うて使え。されど、わが藩に采女の贅沢《ぜいたく》を許す金子などないぞ。そのことしかと心得よ」

正直すぎる通嘉の言葉を聞いて、

(藩を離れてよかった)

と小籐次は、つくづく思った。

大名とはいえ、大大名と森藩のような小名では、まるで家格も内所も威勢も違った。予定を早めての参勤上番は、采女にせっつかれてのことか、と小籐次は推測した。

「殿、采女はそれなりの金子を持参していると見ました」

「なに、采女は予に内緒で金子を携《たずさ》えているのか」

通嘉が驚きの顔をした。

こたびの参勤上番に際して、森藩は采女の実家の小坂屋金左衛門方から費えを用立てて貰《もら》っていることを小籐次は恭之助から聞いていた。森藩の参勤交代の費えまでとは言わずともそれなりの金子を采女は持参していると、小籐次は察していた。采女は、ゆえに参勤交代の行列に付かず離れず、江戸入りしたと考えていた。

「そうじゃな、小坂屋の一人娘じゃ、我儘《わがまま》放題に育てられたのだ。こたびの江戸入りに際してもそれなりの金子を持参しておるのは当然じゃな。足りなければ金左衛門に頼めば、いくらでも金子は送ってこよう」

と通嘉が羨《うらや》ましそうに洩らした。

小籐次は池端恭之助を伴い、浜に置いていた小舟にまた乗り込んでこんどは久慈屋を訪れた。

「おや、もう研ぎ仕事をなされますか」

昨日望外川荘まで送ってくれた久慈屋の荷運び頭の喜多造が言い、同行した池端恭之助を見て、ぺこりと頭を下げた。

「伊勢詣でから帰ってきて昨日の今日だというのに、仕事ではのうて野暮用でござる」

と小籐次が喜多造に言うと、

「おやおや、なんともお気の毒ですな」

と応じた。

店を訪ねると大番頭の観右衛門が、

「おや、早くも旧藩の御用でございますか」

と苦笑いして池端恭之助に会釈した。

恭之助は、小籐次が伊勢詣でで留守にしている間に何度か久慈屋に来て、観右衛門とは顔馴染になっていた。

「大番頭どの、ちと知恵を借りたい」

「店座敷に通られますか」

「暫時《ざんじ》お借りしよう」

小籐次、池端恭之助、そして観右衛門の話は四半刻《しはんとき》（三十分）ほど続いた。

小籐次は、町中の立派な旅籠《はたご》に口利きしてくれぬかと観右衛門に願ったのだ。

観右衛門は森藩がらみと考えたか、

「女子衆二人でございますが、旅籠代を案ずる要はない、という話ですな」

と念押しすると、池端の手前詳しい事情も問わずさらさらと口利き状を書いてくれた。


小籐次と池端恭之助が次に訪ねたのは、本石町《ほんごくちょう》三丁目にある、本陣構えの阿蘭陀《オランダ》宿の「長崎屋」だった。

長崎屋は、オランダ商館長一行の参府の定宿《じょうやど》を務めていた。

この参府、長崎通商免許御礼を目的に、寛永十年（一六三三）より毎年繰り返されてきたが、寛政二年（一七九〇）より五年に一度と変わりながらも続いていた。

当主は代々長崎屋源右衛門を名乗り、異人を泊める旅籠として江戸では別格であった。

「ご免下され」

と小籐次が声をかけながら玄関を跨《また》いだ。

町家としては広く、九間《けん》半に六十間の敷地は黒板塀に囲まれ、二階建てを含むなかなかの造りだ。

森閑《しんかん》とした玄関に小籐次の声だけが響いた。

「赤目様、それがしが」

恭之助が声をかけようとしたとき、帳場座敷から番頭風の白髪頭が姿を見せた。

「長崎屋の番頭どのですな。かようなものでござる」

久慈屋の観右衛門が認《したた》めた口利き状を差し出すと、それを見ようともせず、

「赤目小籐次様ではございませぬか」

と相手が言った。

「それがし、どこぞでお目にかかったか。近ごろ齢をとって物忘れがひどくなり申した。失礼の段、お許し下され」

と小籐次が頭を下げた。

「酔いどれ小籐次様を知らない江戸の人間は一人としておりませぬよ。いつも読売でな、赤目小籐次様の勲《いさお》しは承知です。わたしめ、長崎屋の番頭参蔵にございます」

と丁重な挨拶を受けた。

「それは恐縮な。番頭どの、読売は大仰《おおぎょう》に話を膨らませる代物でござろう、真の話は千に一つもござらぬ」

「いえ、こと赤目小籐次様の言動についてはなに一つ虚言はございませんよ」

と応じる参蔵に観右衛門の口利き状を渡した。

「なに、久慈屋の大番頭さんからの口利き状ですと。酔いどれ小籐次様の看板は、そのお顔にございます。口利き状など要らぬのですが、折角《せっかく》の文ゆえ読ませて頂きます」

観右衛門が小籐次らの話を聞いて、

「さようなお方には、本石町の阿蘭陀宿がうってつけかと存じます。女二人ゆえ、口利き状を認めます」

と書いてくれた文を読んだ参蔵が、

「うちは女だけの泊まり客は受付けませぬ。ただ、久慈屋さんの口添えの上に酔いどれ小籐次様が直々《じきじき》にうちを訪ねられたのです。赤目小籐次様の客として引き受けさせてもらいます」

と受けてくれた。

「ならば明日からでもよいか」

「宜しゅうございます」

「助かった」

と小籐次が洩らすと、

「赤目様、この江戸で酔いどれ小籐次様の願いを断わる人間はそうおりますまい」

と言った。

小籐次が池端恭之助を森藩の近習頭と紹介すると、

「明日、それがしの同輩の者の付き添いにて案内《あない》して参る。なにかと面倒をかけるがよしなに頼む」

と恭之助が願った。

二人が長崎屋を出たとき、六つ（午後六時）の時鐘が近くから響いてきた。本石町の時鐘は、長崎屋の一角に接してあったから、なかなかの響きだ。

「赤目様、助かりました」

池端恭之助が頭を下げ、

「いえ、赤目小籐次様の盛名をそれがし、とくと承知のつもりでしたが、阿蘭陀宿の番頭どのにああ言われますと、赤目小籐次様がわが藩におられたとは到底信じられませぬ。ただただ驚きです」

といつも以上に丁重に言った。

「褒められてもなにも出ぬ」

二人は本石町十軒店《じっけんだな》から室町へと歩き、日本橋際に止めた小舟に乗ると、江戸橋を潜って楓川《もみじがわ》に入り、芝口橋へと向った。

「本日は望外川荘にお戻りですか」

「いや、新兵衛長屋に泊まるしかあるまい。また昨日の今日でな、新兵衛長屋にも顔を出しておらぬ」

「真に以て恐縮です」

「宮仕えはつらいものよ」

「とは申せ、赤目小籐次様のように藩外に出て、盛名を馳せた上に人望を得るご仁は、まずございませぬ。われらは、器に合わせて生きてゆくしか途《みち》はございませぬ」

と恭之助が謙虚に言った。

「池端どの、こたびの間違いは、采女なる女子を参勤交代に加えたことだ。なぜ国家老なり、道中奉行なりが殿に忠言申し上げ、同行をはばまなかったのだ。よいか、池端どの、そなたには、物言わぬ家臣にはなってほしくない。そなたが必ずや森藩の藩政を掌《つかさど》る時節がこよう。その折、それがしの言葉を思い出してくれぬか」

「肝に銘じます」

小籐次の一語一語を真剣に聞いていた恭之助が承《うけたまわ》った。

しばし無言の時があって、小舟は楓川から三十間堀《さんじつけんぼり》へと進んで行った。

「采女の一件じゃがな、江戸藩邸に江戸をよく承知の遊び好きはおらぬか」

「おりますぞ。御納戸《おなんど》役の国兼鶴之丞《くにかねつるのじょう》なる者がさような役目には適任かと存じます。なにしろ国兼の話題といえば、どこどこの食い物は絶品とか、芝居の演目はどうとか、さようなことばかり同輩にいうて嫌われております」

「ならば長崎屋にいる間じゅう、その者を采女につけてな。今日は二丁町《にちようまち》、明日は浅草寺《せんそうじ》と案内させてな、十分江戸を堪能《たんのう》させたところで、早々に国許に戻すのだ。それしか手はあるまい」

「相分りました。これ以上、赤目小籐次様の手を煩《わずら》わせぬように致します」

と恭之助が言い、

「こたびの一件、殿も応えられたであろう。これで当分、奥方様に頭が上がるまい」

と小籐次は応じた。

小舟は三十間堀の南に差し掛かり、芝口橋に向う堀とぶつかった。

そのとき、

「おーい、そこに行くのは酔いどれ小籐次様ではないか。昨日、伊勢詣でから戻ってきたというのに、新兵衛長屋に挨拶もなしか」

勝五郎の声が河岸道から降ってきた。

河岸道に馴染の魚田《ぎょでん》が名物の屋台があって、勝五郎と空蔵、それに桂三郎の三人が酒を飲んでいた。

「いささか用事が飛び込んできてな、ただ今かように馴染の土地に戻ってきたところだ」

と答えた小籐次は、

「どうだ、池端どの、市井に暮らす者たちと屋台酒では沽券《こけん》にかかわるか」

と尋ねると、

「いえ、それがし、最前から喉が渇いておりました。赤目様のお蔭で難題の目途《めど》がつきそうにございます。ごいっしょさせて下され」

と恭之助が嬉しそうな顔をした。

「よし、ならば小舟を岸辺に寄せようか」

小籐次が舟を石垣下の杭に横付けして、恭之助が舫《もや》い綱を打った。

「よいか、三人の中の一人は読売屋だ。間違っても本日のことは洩らすではないぞ」

小籐次は小声で注意した。

「承知しました」

二人が石段を上がっていくと、

「おい、酔いどれ様よ、用事とはなんだな」

勝五郎が小籐次に言った。

「ご一統に改めて紹介しておこうか。わしの旧藩久留島家の近習頭どのだ」

「おお、顔は承知だ。用事とは旧藩の話か」

勝五郎が商売けを出した顔で小籐次に聞いた。

「勝五郎さん、読売は市井のことを面白おかしく書くゆえ売れる、そうであったな。小なりといえども大名家の内情など書いて、だれが読売を買うというか。のう、空蔵さん」

「いかにもそうだな」

と答えた空蔵が二人に空樽《あきだる》に座るように勧め、

「今晩は新兵衛長屋泊まりと見た。明日からじっくりとさ、伊勢詣での話を聞かせてもらいますぜ」

と言った。

「それより酒を頂戴しようか」

と小籐次が催促して、小籐次と恭之助の茶碗に温《ぬる》めの燗酒《かんざけ》が注がれた。

くいっと酒を飲んだ小籐次が、
ふうっ
と満足の吐息をして、

「伊勢詣でとはなんだな、ほら蔵さんや」

と空蔵に聞いた。

なんとなく長い夜になりそうな気配だった。

第二章　げんげ見物

一

思いがけない展開で新兵衛長屋に泊まった小籐次は、翌朝、勝五郎や桂三郎と朝湯に行き、体だけはさっぱりとした。長屋に戻ってみると、すでに新兵衛が裏庭の柿の木の下に研ぎ場を設けて、

「仕事」

を始めていた。

「新兵衛さん、お久しぶりにござる。お見かけしたところ壮健の体《てい》、なによりでござる」

と小籐次が挨拶すると、

「なにを勘違いしておる、わしは新兵衛などではないぞ。ともかくじゃ、勝手気ままに休んでいては客が離れるぞ。この赤目小籐次を見習え」

といきなり叱られた。

眼差しもそれなりに鋭く声音《こわね》もしっかりとしていた。

「いや、申されるとおりにございます」

「齢をとった職人が客に好かれるのは、ただただ毎日決まった場所で、定《きま》った刻限に仕事を果たすゆえだ。まして、そのほうのような年寄りが、旅をした、他に用事が出来たと休んでいては、そのうち柿の木の枝に縄をかけて首を括ることになる」

と小籐次はさらに脅された。

「いや、新兵衛さんの、いえ、もとい赤目小籐次様の申されること至極当然にございます。わしも急ぎ研ぎ場を拵えます」

小籐次は長屋から慌《あわ》てて道具を持ち出し、新兵衛の傍《かたわ》らに筵《むしろ》を敷いて研ぎ場を設《しつら》え、井戸端に集う女衆に、

「おきみさん、すまぬが朝餉の仕度が終わっていたら、出刃包丁でも菜切包丁でもよい、急いで出してくれぬか。そうせぬとまた叱られそうじゃ」

と願った。

「はいはい、新兵衛さんに名まで取られた年寄り職人の頼みだ、長屋を回って集めてくるよ」

勝五郎の女房のおきみが三本ばかり集めてきた。

「女、そのほうとこの年寄りとはどういう間柄だ。かような半端者の職人に言われて仕事の手伝いとは呆れ果てた所業じゃな。まさか年寄り爺とそのほう、できておるのではないか」

と小籐次になり切った新兵衛が質した。そこへ勝五郎が姿を見せて、

「ほうほう、この二人はできていますかえ、赤目様。いいな、うちがさっぱりしてよ」

と応じると、

「下郎、下賤なことを抜かしおって、長屋の節度が乱れるわ。さような話をなすと、この次直にて斬りつけ、その口、利けぬようにしてくれる」

と新兵衛は怒鳴った。

「なんだよ、おめえさんが言い出した話の尻馬に乗っただけだぜ。新兵衛さんよ、おれたちを虚仮《こけ》にしていないか」

勝五郎が本気で文句をつけると、

「口さがない下郎め」

と言いながら傍らに木刀を引き寄せた。

「天下の赤目小籐次様が下郎相手に刃傷沙汰《にんじょう》はいけませぬ。研ぎ仕事を教えて下され」

と小籐次が願うと、しばし沈思した体の新兵衛が、

「いかにもそれがしが相手をするほどの者でもなかったわ。よいか、仕事は飽きず休まず、長屋住まいの愚かな職人や女たちの手本になるようにしなければならぬ」

と言いながら、角材の砥石を傍らの木桶の水に浸して、

「よし、仕事を致す。とくと見よ、技は教えられるものではない、盗むものじゃ。それがしの手の動きをよう見ておれ」

と自ら手本を示して「研ぎ」を始めた。

それを見た小籐次もおきみが集めてきた出刃包丁の一本を摑み、刃を眺めて、

「だいぶ傷んでおるな」

と独りごとを言いながら粗砥《あらと》で欠けた傷を直し始めた。

新兵衛も小籐次も仕事を始めれば、もはや口を利く暇もない。ただひたすら研ぎ仕事に没入していった。

「ちぇっ、二人しておれを虚仮にしてよ、仕事かよ。こっちは仕事をしたくとも、空蔵のやつが仕事を持ってきやがらねえんだよ」

と勝五郎は悪態を吐《つ》いたりぼやいたりしながら厠《かわや》に向った。

結局昨夜は、池端恭之助を交《まじ》えて魚田が名物の屋台で半刻ほど勝五郎、桂三郎らと飲んだ。大して飲んだわけではないが、旅の疲れが残っていたとみえて、ぐっすりと熟睡した。

小籐次は長屋の包丁を半刻あまりで片付けた。その傍らでは新兵衛がご機嫌で「研ぎ」仕事を続けていた。

「新入り爺、そのほうの仕事は裏長屋の使い古した出刃や菜切包丁、それがしは刀の研ぎじゃ。ここまでの技に辿りつくには長年の苦労がいるのだ。そなたの半端仕事は楽でよいな」

「赤目様、そうは申されますが、名刀も長屋の包丁も研ぎに変わりはございませぬ。わしのように年寄りは気を抜かず、ひたすら丁寧に仕上げるしか手はございませぬ。見苦しいところはご容赦を」

「全くじゃな。そのほうのように研ぎの技も経験も浅いときては、丁寧がいちばんぞ。よいな、その気持ちを忘れるでない」

「ご忠言有り難うございます。どうやらこちらの仕事も一段落つきましたゆえ、場所を変えて研ぎ注文を受けようかと存じます」

小籐次は新兵衛長屋の裏庭の研ぎ場を片付け、おきみらに研いだ包丁を戻しに行った。

「ご苦労だね、どうやら新兵衛さんは酔いどれ様が戻ってきてさ、昔の元気を取り戻したよ」

とおきみは言った。

「それはよかった。わしはこれから久慈屋に仕事場を変える」

と小籐次が言うと、

「変える仕事場があっていいな」

と板の間の仕事場で憮然《ぶぜん》とした勝五郎が煙草を吸いながらぼやいた。

赤目小籐次は芝口橋の久慈屋の店先に研ぎ場を拵えて、伊勢詣での間にたまった道具の手入れを始めた。

「赤目様、二、三日お休みになればよいものを」

と仕事を始めた小籐次に観右衛門が気の毒そうに言った。

「それがそうもいかなかったのだ」

「ははあ、やはり森藩の用事は面倒事でしたか。伊勢詣での最中に家臣の方が『赤目様はいつ戻る』と幾たびか問い合わせに来られましたからな」

「そういうことだ」

「火急の用件とは何事ですな」

「火急なものか、聞かぬほうがようござる。藩と殿の名をけがすような話でな」

「ということは『御鑓拝借』のような騒ぎではないので」

「ござらぬな。昨晩は新兵衛長屋に泊まり、今朝は今朝で新兵衛さんの隣りで長屋の包丁を研いで参った」

と応じた小籐次は留守の間、駿太郎が研いだと思える道具をまず検分して、

(おうおう、なかなかの研ぎかな)

と内心思いながらいささか手直しを加えた。

どれほどの刻限が過ぎたか。

「これ、乗り物をあの者の前に寄せよ」

という女の声がして、芝口橋から久慈屋の店先に乗り物が寄せられてきた。

小籐次は眼前の視界が乗り物で閉ざされたのを見て、顔を上げた。すると引戸が開かれ、采女が小籐次を見ていた。

家臣のだれかから小籐次が久慈屋に研ぎ場を設けることを聞き知ったか。

「赤目小籐次とやら、そなたの本業は研ぎ屋か」

「いかにもさよう。なんぞそなたに差し障りがあるかな」

「奉公していた藩とはいえ、研ぎ屋風情《ふぜい》が昔のよしみで大名家に出入りするのは芳しくありません。これ、国兼鶴之丞、殿にこのことを伝えなされ」

采女は困惑した顔で乗り物の傍らに控える御納戸役国兼鶴之丞に命じた。

「采女とやら、どちらに参るな」

小籐次は下屋敷を引き払い、長崎屋に宿替えする采女にわざと質してみた。

「そなたに聞かせる謂《いわ》れはない。陸尺、乗り物を進めよ」

と采女が命じて引戸が閉じられた。

国兼が陸尺に小声で、

「長崎屋に向っていよ」

と囁いて乗り物を見送ったあと、小籐次の前で腰を屈《かが》め、

「非礼の段、お許しくだされ」

　と詫びた。

「国兼どの、なにもそこもとが詫びる要はないわ。殿の寵愛をよいことにいささか在所の女子が図に乗っただけのことよ」

　と応じて、

「国兼どの、芝居だろうがなんだろうが、采女とやらに堪能させて一日も早う国許の頭成に帰しなされ。それがそこもとの役目でござる」

「赤目様、ようご存じで」

「なに、聞いておらぬか。自慢になる話でもないでな」

　と独り言《ご》ちた小籐次は、研ぎ仕事に戻ろうとした。

「これにてご免」

　と乗り物を追いかけようとした国兼が歩みを止め、

「赤目様、貴殿は岩井半四郎丈《じょう》と昵懇《じっこん》であったそうな。もし芝居小屋で面倒が起こった折、貴殿の名を出してもよいでしょうか」

　と尋ねてきた。

「岩井半四郎丈と研ぎ屋風情が昵懇であろうはずもない。ただ一期《いちご》の縁《えにし》があったという話でござってな、わしの名など芝居小屋ではなんの役にも立つまい」

と婉曲に断わった。

「さようですか」

と互いに名を知るだけの間柄の国兼鶴之丞が小籐次の前から、どこか期待が外れたという表情を残して姿を消した。

研ぎ仕事に戻った小籐次が次に呼ばれたのは、

「昼餉の刻限をだいぶ過ぎておりますぞ、手を休めて下され」

との観右衛門の声だった。

「おや、そんな刻限でしたか」

小籐次は研ぎかけの道具などに布をかけ、刃物を往来の人の目に晒《さら》すことを避けた。いつもの習わしだ。

「赤目様、研ぎ場は私どもが見ております」

伊勢詣での供から本業の奉公に戻った手代の国三が小籐次に言った。

「おや、そちらに居ったか、頼もう」

と願った小籐次は久慈屋の三和土《たたき》廊下から台所に向った。

台所の広敷には若旦那の浩介と観右衛門がいた。

「赤目様、あの女狐、まさか長崎屋への泊まり客ではございますまいな」

観右衛門が早速質した。

昼餉の餅《もち》入りのうどんを食しながらの話になった。

「大番頭さん、いくらなんでも女狐では失礼でございましょう」

浩介が観右衛門に注意した。

「若旦那、確かになかなかの美形ではありますが、根性がな、ねじ曲がっておりますぞ」

「大番頭どの、とかく男というもの、あのような若い女子に取り憑《つ》かれるものでござってな」

小籐次が口を挟んだ。

「えっ、赤目様が惹《ひ》かれましたか」

「大番頭さん、赤目様の旧藩に関わりがある女子ではございませぬか」

この一件については浩介が冷静だった。

「おおそうか、やはり昨日の一件でしたか。すると供のお侍は森藩のご家来ですか」

「さよう」

と答えた小籐次がしばし思案したのち、ああ堂々と乗り物を久慈屋に止めさせた采女の愚かさに隠しておけぬと観念して、二人に掻い摘んで昨日からの経緯を告げ、

「森藩の名誉とはいえぬ話でござる。その辺お含みおき下され」

と願った。

「それはもう」

と浩介が応じて、しばし呆れた表情で三人して沈黙した。それでも観右衛門が、

「とかく女の扱いに慣れておられぬ殿様を口車に乗せるところなんぞは、いかにも女狐ではありませんか」

と二人に言った。

「ともかく大番頭どのが言われる女狐様、今里村の下屋敷では満足すまい。それに下屋敷の面々も困ってござってな。長崎屋ならば芝居小屋のある二丁町も近い、満足致そう」

小籐次の言葉に浩介が得心した。

「赤目様、下屋敷から急ぎ長崎屋に引っ越させたのはよい考えでございましたな」

観右衛門がようやく納得した口調で言った。

「わしが考えるに采女は、江戸に出てきたかっただけではござるまいか。貧乏藩にあって采女の家は、船問屋をなし、長崎から異国の到来物を仕入れて上方で売り捌《さば》いているそうな。金には困ったこともなく、父親に連れられて長崎の町も承知とか」

小籐次は森藩の参勤上番の費えを采女の実家、船問屋にして長崎ものも扱う頭成の小坂屋金左衛門方から借りていることは二人に告げなかった。ゆえに、

「そんな女にようも殿様が惚れたものですな」

と観右衛門が言った。

「国許に側室はおられぬようだ。つい采女の若さと美形に惹き付けられたのでござろう。昨日、話した折には、殿は采女の扱いに困っておいでじゃった。奥方様にも知られておるゆえ、これ以上関わりたくないのが本音かと存ずる」

「軍師赤目小籐次様がお出ましになり、私どもに相談なされた結果、本石町の長崎屋に移ったというわけで。それにしてもうちの店先に乗り物を止めさせて好き放題にいうて行かれましたな」

「江戸の賑わいを見尽くせば郷心《さとごころ》もおきようからな」

と観右衛門の言葉に小籐次は答えた。

「さように簡単に事が運びましょうか」

浩介が二人の言葉に首を捻《ひね》った。

「この程度の策ではダメか」

「赤目様、確たる考えがあってのことではございません。なんとなくこのまま終わるとは思えませんので」

浩介が言った。

「されど、これ以上関わりを持ちたくはござらぬな」

と小籐次が応じた。

観右衛門が話柄《わへい》を転じた。

「今朝方、大旦那様は赤目様が来られたら、話がしたいというておられました。なんぞ心当たりがございますかな」

「心当たりがあるとしたら、浩介さんに代替わりするという話ではござらぬか」

と小籐次が答えた。

「伊勢行きの前に仰《おつしや》っていたとおり、伊勢詣でを果たして大旦那様は隠居をする肚《はら》を固められたのでございますな」

「と思いますがな」

と小籐次は曖昧に返答した。

浩介も観右衛門も、小籐次が伊勢で知った話をすべて聞かされたわけではないと、推測したからだ。

「一つだけ、わしからお二人に申し上げておこう。伊勢詣でに際し、大旦那どのは路銀の他に二百両の大金を国三さんに持たせて行かれたのを、道中で聞かされ申した。その金子の使い道ですがな、伊勢古市《ふるいち》の御師《おんし》彦田伊右衛門大夫の手を通して内宮に献納なされた」

と小籐次が言った。

「ほう、それは」

と観右衛門が洩らし、浩介が頷いた。

しばし間があったあと、観右衛門が小籐次に願った。

「赤目様、やはり本日少し早めに仕事を切り上げて、大旦那様と話してくれませぬか」

「大番頭どの、もはや浩介さんが当代になる日取りだけでござろう。わしと話す要がござるかな」

「いや、一つございましてな、若旦那は浩介と呼ばれてきましたが、これは本名にございます。大旦那様は、八代目昌右衛門を若旦那に継がせたいのではございますまいか」

と観右衛門が言った。

小籐次は浩介を見た。

「おやえから舅《しゅうと》の願いは聞いております」

「若旦那に異存はございませんので」

観右衛門が念を押した。

「ございません」

浩介の返答はきっぱりとしていた。

「ならば本日、赤目様にお立合い頂き、八代目昌右衛門の襲名の日にちを内々に決めましょうか」

内々とは、本家の細貝忠左衛門《ほそがいちゅうざえもん》が近々江戸に出てくることを指していた。正式には、本家の許しを以て襲名が決まるのだ。

三人の間で話がついた。

「では、私が奥にこの旨伝えて参ります」

観右衛門が立ち上がり、小籐次も仕事に戻った。

二

昼下がり、小籐次の研ぎ場は先客万来の観があった。小籐次が研ぎに集中しようとすると、まず人影が立った。

最初は難波橋《なにわばし》の秀次親分だ。

「もう仕事ですかえ」

遠慮がちの声ではあったが、言外に御用を手伝えと言っていた。

「親分、一月以上も仕事をしておらぬ。しばらく本業に徹したいのじゃがな」

「いえね、この一件、北町がらみでうちとは直接かかわりございませんので。どうしても赤目小籐次様のお力を借りなきゃならない話じゃねえと思うんですがね。近藤の旦那の上役五味達蔵様が『酔いどれ様が江戸に戻っておるならば、ひと肌脱いで貰え』と旦那を呼びつけて命じられたもので、旦那としても一応わっしに伝えねばならないってわけなんでございますよ。いえ、わっしの役目は赤目様にお話しするところまでです。この先は赤目様のご判断で研ぎ仕事に励まれようと、望外川荘で休養しておられようとご勝手でございますよ」

と渋々簡単な事情を説明し、含みのある言葉で秀次親分が小籐次に言った。

「北町にも敏腕な与力・同心がおられよう。なにも南町が首を突っ込むには及ぶまい」

「そりゃそうですね。もし町方の手に負えないときは、赤目様、ご出馬を願います」

と形ばかり言った秀次親分が小籐次の前から姿を消した。

秀次も詳しい話を聞かされている風ではなかった。

小籐次は、雑念を払うためにも研ぎ仕事に没頭した。

どれほどの時が経過したか。

小籐次の研ぎ場の前にしゃがみこんだ者がいた。

顔を上げるまでもなく、昨晩魚田の屋台でいっしょに呑んだ読売屋の空蔵だ。

「難波橋の親分が訪ねてきたって」

「空蔵さん、昨晩も言うたぞ。わしは本業にしばらく徹する。望外川荘の釜の蓋があかぬでな」

「親分の用事はなんだったよ」

「話は聞いておらぬ。親分はそなたと違って物事を心得たお方だ。近藤どのの上役の命で来られたが、わしが生計《たっき》に困っておる事情を話すとなにも申されずに帰られた」

「なに、用件も話さずにか」

「そういうことだ」

小籐次の返答にしばし考えた空蔵が、

「ここんとこ北町奉行所がぴりぴりしているんだよな。だが、ぴりぴりの因《もと》がつかめねえ」

とぼやいた。

「空蔵さん、そなたが分らぬものがわしに分ろうはずもない。しばらくわしの邪魔をせんでくれぬか」

小籐次は研ぎに戻ろうとした。

だが、空蔵が動く気配がない。

「邪魔じゃがのう」

「ならばさ、伊勢詣での話なんぞでいいからさ、聞かせてくれないかね。こっちはおめえさんが江戸を留守したもんでよ、商売上がったりなんだよ。ここんところよ、勝五郎さんにまともな仕事を渡していない。腹を割った間柄の長屋の住人が困っているんだ、研ぎをしながらでいいからさ、ぽつぽつと話をしてくれないか」

と泣言を続けて粘った。

小籐次は研ぎの最中の長包丁を砥石の上から離した。指の腹で刃をなぞっていたが、洗い桶に刃を浸して砥石のよごれを洗い流すと、虚空《こくう》に道具を持ち上げて、

びゅんびゅん

と音を立てて水きりを繰り返した。

その刃が空蔵の肩口辺りを上下すると、

「ああー」

と悲鳴を上げた空蔵が尻餅をついて、

「なにも刃を振り回して脅すこともないじゃないか」

と喚《わめ》いた。

「おや、まだおったか」

「くそっ」

と罵《ののし》り声を残して空蔵が走り去った。

気を取り直した小籐次は仕事に戻った。

一月余り江戸を不在にしていたせいか、研ぎ仕事に熱中出来なかった。なんとなく手は動かしているのだが、伊勢詣での光景が頭にちらちらと浮かんだり消えたりした。それでも小籐次は研ぎを止めなかった。

(おお、そうだ、この研ぎはわしではないぞ。そうか、駿太郎が研いだものか)

と観右衛門から聞いた話を思い出した。そんな気で見ると、駿太郎の研ぎの様子が浮かんできた。丁寧な研ぎだった。むろん未だ力のかけ具合が定まらないところもあったが、

(なかなかしっかりとしたものではないか)

と内心にやりと笑った。

いつしか春の陽射しが傾いた気配があった。

だが、久慈屋の道具は一向に減りそうになかった。駿太郎の研ぎをわずかばかりだが、手直しするのに時を要した。そんな中、芝口橋を往来する人びとが、

「おや、酔いどれ様が江戸に戻ってきたぜ」

「研ぎ仕事をしているところを見ると、いささか伊勢詣でで金を使い過ぎたのだな。まあ、納まるべき人が納まるべき場所に納まってよ、この界隈の光景がよ、

引き締まったじゃねえか」

などと言いながら通り過ぎていく声が小籐次の耳に入った。

(そうか、わしは芝口橋界隈の看板みたいなものか)

となるとあまり不在にしてはならぬと肝に銘じたところに、袴《はかま》の裾が視界を塞いだ。

小籐次が顔を上げると、森藩の御納戸役国兼鶴之丞であった。

「赤目様、お蔭をもちまして、長崎屋に二間続きの部屋を取って頂き、采女様と下女の二人を落ち着かせました」

采女は商人の娘だ。その娘に敬称をつけたのは、国兼が藩主の「側室」として遇しているからであろう。

「どうだ、あの女子の機嫌は」

「本石町界隈は、下屋敷などとは比べものにならないと申されまして、最初からこちらに泊まればよかったと満足げな様子でございました」

「よかったな」

と小籐次は答えた。

「采女様のことで、新たに厄介なことが出来致しまして」

「もはやわが手は離れた。国兼どの、そなた方の手で解決なされよ」

「いえ、長崎屋で初めて知りました。この長崎屋の一件、久慈屋と赤目様の口利きということで受け入れてくれたそうな」

「まあな、よんどころない事情でこちらの久慈屋に願ったのだ」

「赤目様」

と国兼が小籐次に訴えるように呼びかけた。

「だれから聞いたか知りませぬが、采女様が赤目小籐次様の盛名をお知りになり、『明日から研ぎ屋の爺を』、いえ、それがしがいうたことではございません、采女様のお言葉でございまして、『爺を案内方につけよ』としつこくそれがしに迫りましてな。明日、長崎屋に赤目小籐次様の尊顔をお出しいただくわけには参りませぬか」

小籐次は呆れ顔で国兼を見上げ、吐き捨てた。

「たわけ者が」

国兼の腰が引けた。

「研ぎ屋風情が屋敷に出入りするのは芳しくないとかなんとか言うた口の下から、わしに江戸の案内方を務めろと、あの女子が抜かしおったか」

「は、はあ」

と小籐次の剣幕に国兼がさらに後ずさりした。

「国兼どの、もそっと、こちらに参られよ。そなた、腰に差したのはなんだな、ただの飾りではあるまい。その大小は武士の矜持《きょうじ》が、魂が籠っている道具じゃぞ。世の理《ことわり》も知らぬ娘の馬鹿げた命を唯々《いい》諾々《だくだく》と引き受けてこられたか。研ぎ屋爺にもいささか意地があるでな、お断わり致そう。生涯会いとうはない面《つら》じゃ」

と小籐次がにべもなく言い放った。

「そ、それではそれがし、明日からどうしたらよいので」

「屋敷に戻り、上役方に相談なされよ。よいな、この一件はもはや赤目小籐次が関わることはない」

小籐次は刃先を砥石に置いた。

しばらくその場に茫然自失して立っていた国兼が、すごすごと芝口橋のほうへと歩いていった。

「大層な剣幕でございましたな」

観右衛門が声をかけた。振り返った小籐次は、

「おお、久慈屋どのの店先であることを忘れて大声を張り上げてしもうた、お許

しあれ」

と慌てて詫びた。

「なんの、面白い問答にございましたが、若旦那様が言われるとおり、もうひと騒ぎふた騒ぎありそうでございますな」

と観右衛門が興味津々《しんしん》の顔で言った。

「いや、騒ぎがあろうとなかろうと、もはやわしには関わりがないことでござるよ」

小籐次が応じたとき、

「父上」

と竹籠を背に負った駿太郎が立っていた。うっすらと汗を搔いているところを見ると須崎村から駆けてきた感じがした。

「どうしたのだ」

「母上が、父上になにかあったのではありませぬか、と珍しく案じておられましたゆえ様子を見に参りました。昨夜は遅くとも戻ると申されたそうですね」

と駿太郎が答え、

「おお、そうであったわ。よんどころなき事情でな、長屋に泊まる羽目《はめ》になったのだ」

　と小籐次が言い訳した。首肯《しゅこう》した駿太郎が帳場格子の浩介や観右衛門、それに他の奉公人たちに、

「ご一統様、父上の代役は終わりでございます」

　と述べた。

「駿太郎さん、それは寂しい」

　と観右衛門が言い、

「駿太郎さん目当ての客も増えたところです。時に親子で研ぎ場を並べ、仕事をなさってはどうです。手入れの要る道具はいくらもありますでな」

　と言い添えた。

　その言葉に駿太郎が小籐次を見た。

「父上、私の研いだ道具はいかがですか。手直しに苦労されたのではありませんか」

　駿太郎は小籐次に案じていたことを尋ねた。

「駿太郎、背の籠は研ぎ道具ではないのか」

「父上が要りようかと思いましてこちらに携えました」

「ならば、隣りに研ぎ場を設けさせてもらえ」

小籐次が駿太郎に許しを与え、急ぎ国三らが手伝って新たな研ぎ場ができた。

「駿太郎、そなたの研いだ道具を見た。なかなかの研ぎだ。敢えていえば刃にな、いささか柔らかさが足りぬな」

「柔らかさですか、そのようなこと考えたこともありません」

「これぱかりはわしの言葉でも説明がつかぬ。手入れする刃に尋ねてな、教えてもらうしかあるまい」

駿太郎が考え込んだ。

「道具の手入れは研ぎをする者の独りよがりの考えや技が勝ってもならぬ。使う人の身になって研ぐのだ。まだ駿太郎の齢では分るまい」

二人の会話を浩介と観右衛門が聞いていた。

「どうやら久慈屋名物になりそうですな。酔いどれ小籐次様と駿太郎さんの父子研ぎ屋が見られます」

観右衛門が言ったとき、

「久慈屋さん、水戸の飛脚屋から旦那宛ての文だよ」

と飛脚屋が店に入ってきて、

「おお、父子研ぎ屋の店開きか」

と言いながら書状を渡した。

「ご本家の忠左衛門様からですよ、若旦那様」

「ならば私が奥に」

浩介が書状を奥へと運んでいった。

「ご苦労であったな」

小籐次が飛脚屋に答えながら、伊勢の古市の彦田屋から昌右衛門が出した文の一通が、本家の細貝忠左衛門に宛てたものであったことを思い出し、返書の内容がなんとなく察せられた。

駿太郎は、手入れを要する道具の一つを選ぶと、

「父上、粗砥をかけてよいですか」

「頼もう。本日はなにがなんでも須崎村に戻らぬとな」

「母上となにか約定なされましたか。早くせぬともう咲き終わると呟いておられました」

「おお、あのことか。伊勢からの帰路、あちらこちらでげんげの花畑を見たことをおりょうに話したらな、百助《ももすけ》に聞いたらしく、近くの押上村にげんげの花が咲

いておるでな、ぜひともいっしょに見物に行こうと言われていたのだ」

「げんげとはなんの花ですか」

「そなた、げんげを知らぬか。おお、そうじゃ、蓮華草《れんげそう》といえば分るか」

「なんだ、蓮華草ですか。蓮華草のことをげんげと呼ぶのですか」

「下屋敷では皆そういうていたでな。明日にもおりょうを連れていこう」

と言いながら、父子は半刻余り研ぎ仕事に没頭した。

小籐次の作業の具合を見ていたか、

「赤目様」

と観右衛門が小籐次に声をかけてきた。

「おお、忘れておった。奥に呼ばれておるのであったな」

「駿太郎さんはお迎えに来たのでございましょう。研ぎ仕事はうちだけではのうて、京屋喜平さんもお待ちです。一日ではとても終わりますまい。当分こちらで研ぎ仕事をお願い致しますゆえ、本日はこの辺で切り上げてはいかがですか」

観右衛門の言葉に小籐次が頷いた。

「父上、キリのよいところで私が研ぎ場を片付けます。どうぞ奥に参られて下さい」

と駿太郎が言った。

「では、そう致そう」

小籐次が研ぎ場から立ち上がると、表に出て筒袴の前を叩いた。

刻限は七つ（午後四時）過ぎの頃合いか。

久慈屋の店先から若旦那の浩介、大番頭の観右衛門、そして小籐次が奥に消えて、久慈屋の店になんとなくほっとした雰囲気が流れた。

久慈屋は小売りの紙屋ではない。

顧客の大半は武家屋敷、公儀の役所、神社仏閣だ。ゆえに客がふらりと入ってくる店とは違った。

奉公人の務めは客の応対よりどのような御用にも対応できるよう、各種の紙の管理から、どの時節にどこの顧客に大量の紙を納めるか、承知しておくことだった。

その季節ごとに動かす紙の流れをすべて承知しているのが、老練な大番頭の観右衛門だ。そして、その直々の教えを受けているのが若旦那の浩介だ。

この二人と小籐次が店から姿を消すと、どうしても緊張がゆるんで和《なご》やかになった。

「手代さん、伊勢の旅は楽しかったですか」

小僧の梅吉が国三に尋ねたのも、そんな雰囲気があったからだろう。

「小僧さん、私は荷物持ちです。ただただお二人にお仕えしていただけです」

国三は仕事の手を休めることなく、梅吉の誘いに乗らなかった。

「だってこの東海道をずっと遠くまで何日も何日も旅するんですよ。まして、供は駿太郎さんの親父様の酔いどれ小籐次様ですよ。騒ぎに巻き込まれないわけがありませんよね、番頭さん」

梅吉は筆頭番頭に出世したばかりの東次郎に質した。だが、東次郎からも、

「小僧さん、手が疎《おろそ》かになっています」

と注意を受けて相手にされなかった。

このとき、駿太郎は本日最後の道具に粗砥をかけ終えていた。中砥をと思ったが、父の、

「刃に柔らかさが足りぬ」

という言葉を思い出し、明日いっしょに研ぎをしようと考え直した。駿太郎はそこで研ぎ場の片付けを始めた。

「梅吉、駿太郎さんの片付けを手伝いなさい」

と国三の注意が飛んだ。

「はい」

と答えた梅吉は、洗い桶の汚れた水を河岸道に運び、柳の根元に注いだ。駿太郎も同じように自分の洗い桶を運んできた。

「駿太郎さん、親父様からさ、伊勢の旅の話を聞いたの」

「だって父上が須崎村におられたのはたった一晩ですよ。旅の話など聞く間もありません。明日、もしかしたらげんげの花畑を見にいくから聞けるかもしれませんね」

梅吉はちょっとがっかりしたように、

「駿太郎さんの親父様がいっしょにさ、伊勢まで旅してなにもないってことはないよな」

と歎息した。

駿太郎が二つの研ぎ場を片付け終わったとき、意外にも早く父親が姿を見せた。その手にはおりょうへの土産《みやげ》を頂戴したか、甘味の包みがあった。

「研ぎ場を片付けてしまいました」

「本日はよい。明日もな、こちらにお邪魔することになった。道具は預かって頂こう」

と小籐次は言った。

「父上、どこかに立ち寄って参られますか」

「いや、本日は早上がりじゃ。昨日が予定になき新兵衛長屋泊まりゆえな、おりょうに心配をかけた。ときに早上がりしてもよかろう」

「私が小舟を漕いでいきます。父上は休んでいて下さい」

と駿太郎が願い、

「頼もうか」

と小籐次は素直に倅の申し出を受けた。

三

江戸の内海から大川へと小舟を上手に乗り入れた駿太郎は、

「いよいよ浩介さんが久慈屋の主におなりになるのですね」

と父親に聞いた。

伊勢詣でを無事に済ませた昌右衛門が若旦那、大番頭、そして、小籐次を奥に呼んで相談するとしたら、そのことしかない。

「西野内村の御本家が近く江戸へ出てこられる。そこで黄道吉日《こうどうきちにち》を選び、浩介さんが久慈屋八代目の主に就かれることが決まった」

「そうか、いよいよ浩介さんが久慈屋の主か」

「そして、昌右衛門の名を継がれる」

「えっ、浩介さんのままではいけませんか。昌右衛門と名を変えられると急に年寄りになったような気がするな」

櫓を漕ぎながら駿太郎が首を捻った。

「浩介でも昌右衛門でもご当人の人柄が変わるわけでなし、当座はいささか呼び難《にく》いかも知れぬがそのうち慣れようでな」

小籐次の言葉に駿太郎がしばらく黙って櫓を漕いでいたが、

「父上、新しい昌右衛門さんはやはりただ今の昌右衛門様のように奥に引っ込まれてお店には出て来られないのですか」

「いや、その話も出たがな、浩介さんの強い願いで当分これまでと同じように店の帳場格子に出て仕事をなさるそうだ」

「よかった」

駿太郎が安心した。

「大番頭どのだけではいかぬか」

「浩介さんと大番頭さんの二人組は、久慈屋の大看板のようなものです。お二人が帳場に座っておられるのとそうでないのとでは、店の様子が違いますし、お客様も感じが違うと思われましょう」

「というわけで八代目昌右衛門さんと大番頭の観右衛門どのが久慈屋を引っ張っていくことになった。新しい布陣で久慈屋の新たな門出《かどで》だな」

昌右衛門を含めての四者の集いは、実質的な浩介の久慈屋襲名の話だった。

はい、と返事をした駿太郎が、

「隠居なされた昌右衛門様は名が変わるのですね」

「そうじゃ、久慈屋のご隠居五十六《いそろく》と名を変えるそうな。伊勢詣での間じゅう、考えてこられた隠居名じゃそうな」

小籐次も本日、昌右衛門の口から初めて聞かされたのだ。

「いそろく様、ですか」

駿太郎には字が浮かばないようであった。

「伊勢の内宮を流れる川の名を五十鈴川とよぶ。この川の名の二文字をお取りになったと申された」

「隠居五十六か」

と呟いた駿太郎が不意に気付いたように、

「父上は隠居するのですか」

と質した。

「なに、わしが隠居じゃと。宮仕えの折は下屋敷の厩番、ただ今は酔いどれ小籐次と呼ばれて研ぎ仕事で糊口《ここう》を凌《しの》いでおる。さような人間が隠居などあるものか、彼岸に旅立つときまで一介の浪人者赤目小籐次じゃな」

小籐次の述懐を聞いた駿太郎がほっと安堵した顔を見せた。

小舟は永代橋を潜り、新大橋へと向っていた。

刻限も刻限だ。

仕事を終えた荷船や猪牙舟《ちょきぶね》や屋根船が上り下りしていた。駿太郎はその間を上手に縫って小舟を遡上させていった。

「ご隠居になられた五十六様とお内儀はこれまでどおり奥にお住まいになるのですね」

「当座は奥にお住まいじゃが、愛宕《あたご》権現そばの神谷町に隠居所をすでに求めておられるそうな。然るべき折にそちらに引越しなさるそうだ。神谷町ならば芝口橋からさほど遠くもないでな」

これまた小籐次は初めて聞かされたことだった。

昌右衛門は何年も前から隠居を密《ひそ》かに企《くわだ》ててきたのだ。

「いつまでも隠居が店の奥に鎮座していると、新しい昌右衛門さんが腕を振るえない、と考えられたようだ。この隠居所のことを承知だったのは大番頭の観右衛門どのだけであった。おやえさんも知らなかったのではないか。当然、浩介さんもあの驚きようでは知らなかったであろう」

小籐次の言葉に、

「隠居するのは大変なことなのだ」

と駿太郎が返事を洩らした。

「研ぎ屋爺赤目小籐次では、隠居所など考えようもないでな」

「望外川荘が隠居所のようではありませんか」

「まあ、そうじゃな。わしの体が動かなくなったら、望外川荘がわしの隠居所じゃな」

「父上には隠居は似合いません。やることがたくさんあります」

「そのことよ。有難いような煩わしいような」

「父上は他人様の役に立つことがお好きなのです」

「ということかのう」

と応じながら、死ぬ前にやるべきことが残っておると胸の中で小籐次は考えていた。

駿太郎の実母の墓参りに丹波篠山《ささやま》に旅することだ。それが駿太郎にしてやるべき小籐次の、

「最後の務め」

と考えていた。

「江戸を発つ前に須藤平八郎どのの墓参りに行ったたな。こうして無事に江戸に戻ったのだ、彼岸にはまた皆で墓参りに行こうかのう」

と言った小籐次が小舟の胴の間から立ち上がり、駿太郎が漕ぐ櫓に手を添えた。

親子舟になった小舟の舟足が早まった。

「本日は明るいうちにおりょうのもとへと帰れそうじゃ」

「はい」

春の陽は江戸城の向こうに姿を消していたが、薄赤い夕焼けが西の空に広がり

始めていた。

二人で漕ぐ小舟が須崎村の湧水池から流れ出る水路に入ると、クロスケの吠え声がした。

「クロスケ、父上をお連れして戻ったぞ！」

駿太郎の大声に林の道からクロスケが飛び出してきて、尻尾を振って走り回った。

しばらくすると林の道からおりょうが悠然と姿を見せた。

「お帰りなされませ」

「望外川荘に変わりはないか」

「駿太郎がおるのです。変わりなどあろうはずはありません」

「それはなにより」

「おまえ様のほうは、伊勢詣でから帰られたばかりというのに、休む間もなく多忙な二日間であったようですね」

「そういうことだ」

小籐次が答えながら船着場に小舟を寄せ、舫い綱を杭に結んだ。

「おりょう、明朝、げんげ畑を見に行かぬか」

「それはうれしい話です」

　一家三人とクロスケが母屋に戻ると、お梅が、

「旦那様、百助さんが湯を沸かしておられます。まず湯に浸かって下さい」

　と迎えてくれた。

「なにやら大店《おおだな》の隠居にでもなった気分じゃな。家に戻ると湯が待っておるなど分限者《ぶげんしゃ》の暮らしじゃぞ」

「おまえ様のお働きです」

「研ぎ仕事でかような暮らしが出来るものか」

「貧しき歌人と研ぎ屋の夫婦がなんとも不思議でございますね」

　おりょうが他人事のように言い、ほっほっほほほと笑った。

「なんぞそなた、手妻《てづま》を使ったか」

「おまえ様には申し上げておりませんでしたが、伊勢詣でに参られている最中、久慈屋の大番頭さんが見えて包金《つつみがね》を置いていかれました。むろん伊勢詣でに同行したおまえ様への礼金でございます」

「わしはただ伊勢詣でに連れていってもらっただけじゃがな」

　と小籐次は恐縮した。

「まず湯に駿太郎とお入りなさいませ」

小籐次は湯殿に直行し、

「百助、有難く湯を頂戴いたす」

と声をかけながら、脱衣場で昨日から着っぱなしの衣服を脱いだ。かかり湯を使っていると駿太郎が、

「父上、着替えは母上が持ってこられるそうです」

と言いながら自らも着ていたものを急いで脱いだ気配があった。そして、かかり湯もそこそこに湯船に飛び込むように浸かった。未だ父親や母親に下の毛が生えたことを見られるのが恥ずかしいらしい。

「父上、明日は一郎太さんも代五郎さんも稽古に見えません」

「となると駿太郎と智永だけか」

「はい」

「ならば少し早めに稽古を切り上げて、そなたもげんげ畑を見物に参らぬか」

「そのあと、母上を望外川荘に送って芝口橋の久慈屋に参ればよいですね」

「そなたが手伝ってくれるならば、久慈屋の道具の手入れは明日にも終わろう」

と話が決まった。

「父上、お先に」

駿太郎がさっさと湯船から上がっていった。

独りになった小籐次は、湯船にのうのうと足を伸ばし、

「極楽極楽」

と呟きながら、

「采女め、長崎屋で満足していような」

と独りごとを洩らした。

すると、着替えを持ってきたおりょうが湯殿に入って尋ねた。

「おや、長崎屋でどうかなされましたか」

「うむ、わが独りごとが聞こえたか。いささか馬鹿馬鹿しい話よ」

と前置きした小籐次は、旧主久留島通嘉が江戸へ従えてきた采女の言動を手短に告げた。

「呆れました、殿様はさような初心《うぶ》なお方にございましたか」

「世間では大名とか殿様とか崇《あが》め奉られているが、加賀百万石と豊後森藩一万二千五百石では天と地の差があろう。加賀の殿様ならばいくらも側室など御側《おそば》においておかれようが、森藩ではありえぬ。それに殿の御気性もあって、これまで奥

方様以外の女子と接したことはあるまい。そんな心の隙間を若い娘に付け入られたのかのう。わしの考えでは、娘はただ江戸へ出たかっただけであろう。

女だけの旅では親も許すまいと、参勤上番を利しての江戸訪いよ。わしは森藩の城下を知らぬが、今里村の下屋敷と寂しさでは変わりあるまい」

「それでおまえ様が長崎屋に口利きなされましたか」

「わしは長崎屋には縁がない。ゆえに久慈屋の大番頭どのに口利き状を書いてもらい、采女に下屋敷からあちらに引っ越してもらった」

「殿様もいささか短慮にございましたな」

「なんとか江戸に入れたからよいようなものだが、女連れの参勤交代が公儀に知れると、『参勤交代をなんと心得ておる』ときついお叱りを受けるところぞ」

「それにしてもおまえ様のもとへはあれこれと頼みごとが飛び込んで参りますね。どうでございますな、空蔵さんに願って読売に、『酔いどれ小籐次、諸々《もろもろ》の相談方廃業仕《つかまつ》り隠居致し候』と書いて頂いては」

「まず空蔵が承知しまい。わしをめしのタネと心得違いしておるでな」

「ダメですか」

「ああ、隠居は昌右衛門どのにお任せしよう」

小篠次が言い、湯船から上がるとおりょうが襦袢《じゅばん》の裾をからげて、

「駿太郎に代わり、私がおまえ様の背を流します」

と糠袋を手にした。

「わしは殿様でも分限者の大旦那でもないぞ。垢すりくらい己で致す」

「そう申されますな。りょうにとって殿様や大旦那様以上のお方です。ささっ、こちらに腰を下ろされて」

とおりょうに命じられて、小篠次は洗い場に座して背を預けることにした。

「久慈屋さんでやはり大旦那様の隠居話が出ましたそうな。最前ちらりと駿太郎から話を聞きました」

「帰り舟で駿太郎には話したがな、近々、西野内村から本家が見えて当代の昌右衛門どのが隠居することが決まった」

「伊勢詣では昌右衛門様が気持ちを固める旅にございましたか」

「まあ、そういうことだな。隠居の名は、五十六じゃそうな」

「五十六様ですか。もしや伊勢の五十鈴川の二文字をお借りしての名ではございませぬか」

「さすがは歌人、直《す》ぐに字が浮かびよるか。駿太郎は、いそろく、と聞いて戸惑

っておったがな」

　と小籐次がおりょうの返答に感心した。

「お褒《ほ》め頂くほどのこともありません。駿太郎は文武というならば武一筋にございますゆえ、文字はなかなか浮かびますまい」

「駿太郎はわしといっしょじゃからのう」

　小籐次の返事におりょうが苦笑いした。

「知らせがある。久慈屋にな、もう一つ慶事がある。おりょう、分るか」

「それはもう」

「おや、承知であったか」

「おやえさんが正一郎さんの弟さんか妹さんを懐妊されたのではありませぬか」

「ふーむ」

「過日、お会いしたとき、なんとのうそのような感じを持ちました」

　小籐次は女ならではの勘かとおりょうの直感にいささか驚いた。

「当代は西久保通の神谷町に隠居所をすでに用意してあるそうな。芝口橋には二人目の孫が誕生する、いうことなしじゃな」

　小籐次の背を擦っていたおりょうの糠袋を持つ手が止まった。

「それもこれも赤目小籐次というご仁が久慈屋の後見人であらばこそ」

「おりょう、勘違いを致すでない。われらの庇護者が久慈屋どのじゃぞ」

しばしおりょうに沈黙があった。

「私の考えもおまえ様の言葉も確かとはいえますまい。赤目小籐次と久慈屋は、なにか不思議な糸で結ばれておるのです。お互いがお互いを慮《おもんぱか》り、助けたり助けられたり、生涯つづく縁でございましょう」

おりょうが自分の言を補った。

「われらと久慈屋は格別な交わり、生涯果てなく続こうな。一方、昨日、旧主にお目にかかり、最前話した女子のことを聞かされて知恵を貸すように請われたが、こちらは箸にも棒にもかからぬ一件よ」

と小籐次が答えると、

「それもこれも赤目小籐次様の人柄が生じさせた絆にございます」

とおりょうが言い切り、

「ささっ、もう一度湯に浸かりなされ」

と命じた。

「そう致そうか」

と答えた小籐次が、

「おお、大事なことを忘れておったわ」

と言い出した。

「大きな声を発せられて、なんでございますか」

「伊勢でのう、昌右衛門どのと実母のお円さんの墓参りをした翌日のことだ、昌右衛門どのがな、隠居をしたらおりょう、そなたの芽柳《めやなぎ》派の集いの門弟になりたいのじゃが、お許し頂けようかと気にしておられた。最前も別れ際に、わしに催促するように囁かれたぞ」

「なんとまあ、嬉しいお話ではございませぬか」

「よいのか。ご当人は、三十一《みそひと》文字《もじ》など詠《よ》んだこともないゆえ、そなたが入門を断わるのではないかと案じておられた」

「生半可《なまはんか》な関わりを持たれた歌人もどきのお方より、却《かえ》って初めて和歌に接するお方のほうが新鮮な和歌をお詠みになることがございます」

「よし、明日にも昌右衛門どのにいうておこう」

「いつからでもお出で下さいと伝えてくだされ」

「相分った」

小籐次は湯船にふたたび浸かった。

おりょうの気配が消えたと思ったら、また人の気配がして、

「父上、あまり長湯しておられますと烏賊《いか》の造りを駿太郎がすべて食べてしまいますよ」

と知らせに来た。

「なに、今宵の夕餉の菜は、旬の春烏賊か。ま、待て、箸をつけるでないぞ。わしが直ぐに参るでな」

と小籐次は急いで湯を上がった。

四

翌朝、寺道場で一刻（二時間）ほど小籐次は駿太郎に稽古をつけた。

智永は、寺道場の稽古の気配に出てきたが、すでに小籐次が本気で駿太郎に指導をしているのを見て、自分は見物に廻った。

とてもこの親子の厳しい稽古に入れるものではないな、と最初から稽古を諦めたのだ。

小籐次は駿太郎に稽古をつけながら、

「血は争えぬ」

という言葉を頭に思い浮かべていた。

駿太郎は実父須藤平八郎の体格を受け継いで伸びやかな体軀だった。またその技量と体力は、一晩で大きく違い、まるで別人のように新たな力を加えていた。それだけに指導をする小籐次も手を緩めるわけにはいかなかった。

稽古を始めたのが七つ半(午前五時)の頃合い、一刻ほど二人だけで濃密な稽古をなして六つ半(午前七時)の刻限に稽古を止めた。

汗まみれの体を弘福寺の井戸端で水を被って流すと、持参した下帯と衣服に替えた。汚れた下着と稽古着を望外川荘に駿太郎が持ち帰り、

「母上、参りますぞ」

と声をかけた。

「仕度は出来ていますよ」

おりょうが重箱を包んだ風呂敷包みと貧乏徳利を駿太郎に渡した。朝餉をげんげ畑を見ながら食そうという企てだった。

「母上、お梅ちゃん、船着場で待っております」

声を残した駿太郎が望外川荘の台所の裏口から飛び出していった。

「あれあれ、折角きれいに整えた重箱の食べ物がひっくり返りますよ」

おりょうの言葉も聞かばこそ、駿太郎の姿はもはやなかった。

「百助さん、留守番を宜しく頼みますよ」

茣蓙《ござ》を丸めて持ったお梅が望外川荘とは別棟の納屋に住む百助に声をかけた。

すると百助が、

「げんげ畑なんぞが珍しいかね」

と首を捻って二人の女衆を見送った。

おりょうたちが船着場に行ってみると、小籐次、駿太郎の他に朝稽古は見物に廻った智永もいた。

「あら、智永さんも行くの」

とお梅が言い、

「親父の勤行《ごんぎょう》に付き合うよりげんげ畑でさ、朝餉を食するのがなんぼか楽しそうだ。そう思わぬか、お梅」

と智永が物心ついたころからの知り合いに答えた。

小舟に五人はいささかきついが、隅田川の本流にでるわけではない。

隅田川の左岸沿いに葦原に隔てられた支流を遡り、須崎村と寺島村の耕作地の間を北十間川へと南東に向う堀に小舟を入れれば、四半刻もしないうちに百助が教えてくれたげんげ畑の広がる押上村に到着した。

小舟を舫った一行は敷物の茣蓙や重箱や貧乏徳利を携えて土手道に上がった。

小籐次に手を引かれて土手道に上がったおりょうが顔を上げ、しばし一面に広がるげんげ畑を無言裡に見た。

この界隈に育ったお梅もげんげ畑を見て、

「うちの近くにげんげ畑がこんなに広がっているなんて知らなかったわ」

と嘆声を上げた。

小籐次は伊勢詣での帰路に見たげんげ畑に勝るとも劣らない押上村のげんげ畑の光景に、

「手にとるな　やはり野におけ　蓮華草」

という句が思わず口をついて出た。

「わが殿はさような句を承知ですか」

「成田山新勝寺に詣でる前、深川惣名主《そうなぬし》三河蔦屋《みかわつたや》の染左衛門様に教わったのだ」

そうでしたか、と得心したおりょうが、

「滝瓢水《たきひょうすい》様と申されるお方の一句にございます」

と言った。

「その瓢水どのは江戸のお生まれか」

「いえ、瓢水様は上方の分限者のお生まれ、千石船を六艘《そう》も受け継がれたそうです。そんな莫大な財産をすべて蕩尽《とうじん》して剃髪《ていはつ》し、生涯を閉じられたときいております」

「ほう、なかなかの人物じゃな」

「おまえ様と気が合ったかもしれませぬな」

「わしは海を追われて貧寒とした山に領地をかろうじて安堵された来島水軍の末《まつ》裔《えい》、それも江戸の下屋敷の厩番だがな。千石船六艘を使い尽くす度量はないわ、さような瓢水師と気が合うたかのう」

「いえ、金銭に拘らないところなどよう似ておいでです」

「金を残さぬところは似ておるかもしれぬな」

と答えた小籐次に、おりょうは尋ねた。

「蓮華草を詠んだ句をおまえ様はどう受け止められたのでしょうな」

「さようなことは考えたこともない。ただこのようなげんげ畑を見た瓢水師がな、可憐なげんげを一輪二輪と摘み取るより眺めていたほうがよいではないかと思われて詠まれた句ではないのか」

「素直な解釈でございます」

「なに、わが解釈は違うたのか」

「瓢水師の詠んだ蓮華草は、げんげの花そのものではございませぬ。女子をげんげになぞらえたのでございます」

「なに、げんげは女子か」

小籐次とおりょうの会話を他所《よそ》に、土手道に聳《そび》えた桜の若葉の下に駿太郎らが場所を選び、茣蓙を敷いて、重箱や貧乏徳利や器を並べていた。それを見ながらおりょうが、

「瓢水師の知り合いが馴染の遊女を身請けしようとした折に詠んだ句といわれております」

「なに、遊女の身請け話がからむ句か。『手にとるな　やはり野におけ　蓮華草』には、さような裏話が隠されておるか」

「おまえ様、この句はもっと評価されてよいものです。ですが、歳時記などで見たこともありません。この句に隠された遊女の身請け話が句そのものの評価を低

めているのでしょう」

「おりょう、それは違うぞ」

「酔いどれ様に異論がございますか」

「おりょうの話を聞いてな、益々《ますます》この句が気に入った。遊女を蓮華草に見立て、手折《たお》って己一人の持物にするよりは、遊里で咲いているのを端《はた》から愛《め》でているほうがなんぼか粋じゃ」

「さようなところが瓢水師と酔いどれ様が話の合うところにございますよ」

「そうか、そうかのう。もっとも瓢水師は彼岸におられる、話がしとうても当分できまい。われら、げんげ畑を見ながら瓢水師を偲《しの》ぼうか」

駿太郎らが仕度した新緑の老桜の枝の下の茣蓙に二人は座り、げんげ畑と向き合った。薄紅色の敷物がどこまでも広がっていた。

「まるで極楽浄土にわが魂を浮遊させておるような心境じゃな」

「ほれ、瓢水師と気がお合いになると申しましたぞ。かように酔いどれ様は、歌人俳人の心を胸に秘めておられます」

おりょうが小籐次にいうところへ智永が、

「極楽浄土に酒があるかな。ないといけねえからさ、大師匠、まずは一杯飲みなよ」

と茶碗を差し出した。すでにその茶碗には八分目ほど酒が注がれていた。

「連れよし、げんげよし、酒もよしか」

小籐次は茶碗の酒の香りを嗅いで、

「手にとるな　やはり野におけ　蓮華草」

と呟きながら茶碗に口をつけた。

「大師匠、よほどそのお題目が気に入ったんだな。子どものころよ、蓮華草を摘んで遊んだが、直ぐに飽きてさ、土手道に捨てられたげんげの花がいっぱい落ちていたよな。勝手に摘むな、眺めるだけにしておけって、説教だぞ、お梅」

と智永がお梅に言った。

「どんなお坊さんができるんだか」

とお梅がぽつりと洩らした。どこか智永のことを案じている口調でもあった。

「母上、握り飯を食していいですか。父上に稽古を付けてもらったら、腹が空きました」

「こちらは食い気が先ですか。どうぞお食べなさい」

小籐次たちはげんげ畑に向き合いながら、陽射しの加減で微妙に彩《いろどり》を変える花の群れを眺めて時を過ごした。

小籐次と駿太郎が芝口橋の久慈屋の船着場に小舟を寄せたのは、昼前のことだった。

「遅くなり申した。本日は、駿太郎が手助けしてくれるゆえ、まずはこちらの目途をつけよう」

小籐次が帳場格子の観右衛門に言った。

「またなんぞございましたか。そろそろ昼の刻限です、早い昼餉をお二人で食して仕事に掛かられませぬか」

「大番頭どの、それが」

と遅くなった経緯を小籐次が語った。

「なんと風流な。さすがは歌人のおりょう様に酔いどれ様、一家でげんげ畑を見物しながら食してこられましたか」

と観右衛門は感嘆した。

「本日の研ぎは、げんげ畑の光景を映して美しい仕上がりに致す」

と小籐次が言い、駿太郎がその間に研ぎ場を二つ並べて設えた。

小籐次が研ぎ場に腰を下ろすと国三が、

「芝口界隈ではそのようなげんげ畑など見られません。それにしてもおりょう様方を誘って押上村のげんげ畑に遊ばれるとは、天下の酔いどれ様ならではのお優しい趣向です」

と言った。

「国三さんからお褒めの言葉を頂戴したところで、駿太郎、仕事にとりかかるぞ」

小籐次の言葉でそれぞれが道具を分担しての作業が始まった。

研ぎは単純な作業だ。それだけに気を抜くと、気を抜いた切れ味の仕上がりになる。二人は集中して、作業に没頭した。

一刻余りただひたすらに研ぎを続けて久慈屋の道具の目途がほぼついた。

小籐次は懐《ふところ》から眼鏡を出して仕上がり具合を確かめた。そして、

「よかろう」

と呟き、

「仕上がりを見て頂け」

と駿太郎に命じた。はい、と返事をした駿太郎が手入れの終わった道具を古布

に包み、立ち上がった。

「父上、京屋喜平さんに注文を願って参りましょうか」

「おお、そうしてくれぬか」

小籐次の返答に、駿太郎が研ぎ上がった道具をまず帳場格子の観右衛門に、

「ご点検を願います」

と差し出した。

「赤目様が仕上げをなさった道具です。文句のつけようもございますまいが、駿太郎さんの言葉ゆえ、拝見致します」

帳場格子を出てきた観右衛門がさまざまな道具の研ぎ具合を見て、
ふっふっふふ
と笑った。

「駿太郎一人の研ぎと大いに違うと思われましたか」

「はい、年季が違います。ゆえに駿太郎さんの研ぎ上がりと赤目様のそれは違いますか。ですがな、なんと申しますか、よう似ておられるのですよ。刃の研ぎ加減がな」

「父上から『駿太郎の研ぎには柔らかさが足りぬ』と注意をうけました」

「駿太郎さん、十二歳の刃の研ぎに柔らかさが出ていれば、それは才人、いえ、神様の仕事です。研ぎは奥が深うございます、ゆっくりと確かに年季を積まれませ、剣術の稽古のようにな」

観右衛門の言葉にしばし沈思していた駿太郎が、はい、と返事をして京屋喜平方に行った。

「赤目様、よいお子様にお育ちになりましたな」

観右衛門がいなくなった駿太郎の背を見送った格好で小籐次に言った。

「おりょうの躾がよいのであろう」

「それだけではございませぬよ」

と観右衛門が言ったところに、魂が抜けた体の国兼鶴之丞が現れた。

「お暇ではございませぬか」

「見てのとおり研ぎ仕事の最中だ。ただ今、新たな道具がくるでな、そなたの相手をしている暇はない」

小籐次は、いささか冷たい言葉を国兼に返しながら、駿太郎が新たな道具を持ってくれば直ぐにも手入れに入れるのだが、と思った。

だが、駿太郎はなかなか京屋喜平から戻ってくる気配がなかった。

「なんだな、用件は」

　致し方なく小籐次は国兼に質した。

「はい、采女様が芝居見物に行きたいそうでございます」

「それは下屋敷を出た折からの話であろうが。そなたが連れていけばよかろう」

「ところが、今月の芝居は人気の出し物で役者がよいとか、どこもが満員盛況にてよい席は常連に買い占められております。茶屋に掛け合っても、木で鼻を括ったような返事にて困り果てております」

　芝居小屋は、堺町の中村座、葺屋町《ふきやちょう》の市村座、木挽町《こびきちょう》の森田座が代表的なものだ。季節の演目や出演する役者衆によって、よい席は前々から予約が入り、明日明後日の上席は手に入らなかった。

　芝居見物は庶民の楽しみに思えるが、武家社会でも雄藩や大身旗本は、馴染の茶屋とつながりを持ち、接待などに利用した。

　ふだんから芝居小屋や茶屋と付き合いのない森藩の名を出したところで、扱いは冷たいものであろうと容易に推測された。

「国兼どの、それがし、厩番であったことは承知じゃな」

「はい。されど藩を抜けられてのちの赤目小籐次の名は、江戸で知らぬ者はないほどにござる」

「その赤目小籐次の生計はこの研ぎ仕事」

「それも承知」

「では、それがしになにをしろと申されるか」

「赤目様は市村座の座元とも大和屋岩井半四郎丈とも親しいというではございませぬか」

国兼は昨日言ったことを繰り返した。

確かに何年か前、市村座で新作『薬研堀宵之蛍火《やげんぼりよいのほたるび》』が上演されたとき、市村座の座元市村羽左衛門《うざえもん》に招かれておりょうといっしょに芝居見物をし、その最中、突然小籐次は舞台に上げられて、眼千両と謳《うた》われる杜若《とじゃく》半四郎と一首千両の酔いどれ小籐次が短い間だが共演したことがあった。

そのことを国兼は言っていた。

「知らぬ仲ではないが、なかなか取れぬ芝居小屋の平土間を願うほどの間柄ではないわ」

と言いながら、小籐次は目の端に駿太郎が戻ってきたことを見ていた。

「赤目様、それがし、采女様のお相手を上手に務めねば、最後は殿様の体面にかかわることが生じます。それでもよろしいので」

と国兼が居直った。

国三が駿太郎を止めて何事か話していた。

小籐次は市村座の座元市村羽左衛門に願えば、平土間の一枡くらいなんとかなるかも知れぬとは思った。だが、それを願えば、新たな借りができることになる。

（どうしたものか）

と思ったとき、

「赤目様、若旦那のお考えです。木挽町の森田座ならばうちとはそれなりの付き合いがございます。口を利いてみましょうか」

と観右衛門が言い出した。

「おお、助かった」

と思わず大声を洩らしたのは国兼鶴之丞だ。

「若旦那、大番頭どの、さようなことが出来ようか」

小籐次は一応形ばかり念押しをした。久慈屋の力と付き合いからすればさほど難しいことではないことを小籐次も承知していた。

「赤目様の旧主久留島の殿様の関わりのことのようにお聞き致しました。ともかく森田座の座元に頼んでみます」

と小籐次に言った観右衛門が、

「お節介とは存じますが、お困りの様子なので、口出し致しました。今日じゅうに座元とは私が会ってきますので、明日もう一度お出でなさいませぬか」

と国兼に視線を移して願った。

「久慈屋、助かった。この一件、うまくいけばわが藩に出入りを許す」

と国兼が言い放つと早々に長崎屋のほうへと戻っていった。

「呆れたわ」

と小籐次が吐き捨てた。

久慈屋は、公儀を始め御三家、雄藩、大身旗本、著名な神社仏閣の御用達の紙問屋だ。正直言って森藩など相手にする商いではなかった。それを御納戸役の国兼鶴之丞が知らぬとは。

「若旦那、大番頭どの、あの者世間を知らぬにもほどがある、采女なる女子とよう似ておるわ。申し訳ござらぬ」

小籐次が研ぎ場から立ち上がり、頭を下げた。

「赤目様がお詫びなさることではございませんよ。女衆二人にあの国兼様の三人、一枡でようございますな」

と言った観右衛門が森田座を訪ねるつもりか、帳場格子から立ち上がった。

この日、小籐次と駿太郎は七つ半過ぎまで研ぎ仕事を続けた。だが、京屋喜平の研ぎ仕事は残った。

「明日もう一日こちらに参られますね」

「わし一人でなんとかなろう」

「いえ、私も参ります」

と駿太郎が答えて明日の予定がなった。

第三章　妙な頼み

一

帰り仕度を終えたとき、難波橋の秀次親分が困惑の体で姿を見せた。

「もうお帰りですか」

「親分、急ぎの用かな」

「わっしの家に北町奉行所年番方与力米郷主水《よなごうもんど》様と近藤の旦那がお待ちなのでございますよ」

と言った。

「わしに用事とな」

小籐次はなんとなく嫌な感じがした。

「親分、時がかかりそうかな」

「それがなんともわっしには判断がつきませんので」

親分はなにも知らされていない様子だった。

「いえ、それればかりか近藤の旦那もわっしの家まで北町の米郷様を案内してきただけで、事情をご存じない様子なのです」

小籐次はしばし考え、

「駿太郎、そなた一人で須崎村に戻っておれ。ひょっとしたら、また新兵衛長屋に泊まることになるやもしれぬ。おりょうが心配せぬようにな、親分の御用だと伝えるのだ」

「父上、承知致しました。小舟は置いておきます」

駿太郎は徒歩で須崎村まで戻ると言った。

そのとき、話を漏れ聞いた観右衛門が、

「赤目様、駿太郎さんは喜多造親方に送らせます、安心なさって下さい」

と言った。

駿太郎は遠慮したが、秀次親分まで、

「恐れ入谷の鬼子母神《きしもじん》だ。大番頭さん、そうしていただけませんか。恩に着ますよ」

と願った。そんなわけで小舟は残されることになった。

「親分、ちょっと待ってくれぬか。喜多造さんに頼んでくるでな」

駿太郎を送る体で観右衛門と小籐次が久慈屋の船着場に下りた。

「わざわざ親分の家に赤目様を呼び出すとは妙な頼みですね。内緒ごとならば、うちだって話を聞かれない座敷くらい提供致しますよ」

観右衛門はそのことに憤慨していた。

「確かにこれまでなかったことであるな。わしと付き合いがない北町の年番方与力どのが南町の同心どのを案内方に芝口界隈に出張《でば》って見えるとは、妙な話じゃな」

小籐次の言葉に観右衛門が頷き、

「赤目様、いくら近藤様の口利きとは申せ、北町の頼みが無体ならばお断わりになってようございましょう」

とも言った。

「ともかく近藤どのと親分の手前もある。話を聞くだけは聞いて参ろう」

小籐次は答えるしかなかった。

喜多造の船に乗った駿太郎が築地川に向って下っていった。

小籐次は次直一本を落とし差しにした格好で秀次親分に従うことにした。

「伊勢詣でから戻ったばかりというのに赤目様に厄介かけて申し訳ねえ」

と親分が詫びた。

「どんな話か、親分は全く見当もつかぬのか」

「へえ、それでしてね」

久慈屋と秀次親分の家は指呼《しこ》の間《かん》といってよい。

芝口橋の一本上の難波橋近くに秀次親分の家はあった。親分はいつもよりゆっくりと歩を進めていた。小籐次と話がしたかったからだろう。

「町奉行所の関わりの騒ぎならば、南だろうと北だろうとまず耳に入ってくるものなんですがな。北町の年番方与力の案内方が近藤の旦那とはいえ、北町のえらい与力がわっしの家に見えるなんて初めてのことでございますよ」

年番方与力は、二十五騎の与力の中の最古参でかつ有能な者が務めた。初め同心支配役が一年交替で務めたのでこう呼ばれた。ただ今では奉行の片腕として、与力・同心を率い、奉行所内の生き字引き的な存在だった。

「赤目様方が江戸を留守にしている間に、北町奉行所の月番中にどえらい騒ぎが起こったという噂がございましたがな、直ぐに『さような虚言を弄するでない』と上からきついお叱りがあったそうな。ともかくわっしら十手《じって》持ち風情には、見当がつきませんので」

秀次が言ったとき、二人は家の前に来ていた。

ちょうど近藤精兵衛《せいべえ》が戸口から姿を見せた。

「旦那、あまり遅いてんで、わっしらのお迎えですかえ」

「いや、違う。それがしの用事は済んだと米郷様が申された」

近藤精兵衛は憮然としていた。

「なに、近藤どのは同座せぬのか」

と小籐次が質した。

「年番方与力どのの話はすでに承知か」

「いえ、それが、それがしも全くなんの話なのか知らされておりませんので。赤目どの、宜しく頼みますとしか言いようがないんですよ」

と言った近藤が憤怒を抑えた顔で秀次親分の家をあとにした。

「となると、わっしは家を貸すだけの話ですかえ」

と秀次が言ったとき、なんと年番方与力の米郷主水当人が姿を見せて、

「赤目小籐次氏《うじ》じゃな。これまで行き違って顔を合わせる機会がなかった。よしなの付き合いを願う」

と挨拶した。

齢は四十七、八か。引き締まった体付きに鋭敏そうな目付きをしていた。

「もはや用事は済んだということでござろうか」

「いや、それがしにしばし付き合うてくれぬか」

と言った米郷が芝口一丁目の町家の方へとさっさと歩き出した。

小籐次と秀次は顔を見合わせたが、もはやなにを話す間もない。致し方なく小籐次は米郷のあとを追っていった。

米郷が足を緩めたのは、豊後岡藩の中屋敷に突き当たったところだった。小籐次が従ってくるのを確信しているように振り向き、

「頼みがある」

と言った。

「えらく唐突な話ですな。二人だけで話がしたいのであれば、いくらも手立てはござろうに」

「分っておる。じゃが、これしか思い付かなかったのだ。許せ」

「それがしになにをせよと申されるな」

しばし間があって、

「赤目小籐次氏、おてまえの一命をお借りしたい」

と真剣な顔つきで米郷主水が小籐次を見ながら言い放った。


久慈屋の荷運び頭の喜多造は、四半刻前に駿太郎を送ってから芝口橋に戻ってきて、久慈屋の家作の長屋にて遅い夕餉を食した。そのころから風が吹き始め、ついには雨が落ちてきた。そこで久慈屋の船がしっかりと舫われているか、点検に出た。

すると小柄な人影がふらふらとしながら、小舟に乗り込んだところだった。

「おや、赤目様、御用が終わりましたか」

「おお、頭か、駿太郎を送ってくれて有難い」

喜多造は珍しくも小籐次の呂律《ろれつ》が回っていないことに気付いた。どうやら難波橋の秀次親分のところで酒を馳走になったようだと、考えた。

「赤目様、本日は新兵衛長屋泊まりですな」

「いや」

と小籐次が答えた。

「須崎村の望外川荘に戻る」

「大川河口付近はかなり波が立ってましたぜ。お止めになったほうがよろしくはございませぬか」

「いや、それがそうもいかぬのだ」

と小籐次は言い、腰から次直を抜くと小舟に載っていた古布で包んで艫《とも》近くにしっかりと縛りつけた。

身軽になって大川を漕ぎあがろうと考えているのかと、小籐次の覚悟を喜多造は見た。

「赤目様の来島水軍流を信じないわけではございませんがな、無理をなさることもありますまい。新兵衛長屋に泊まられたほうがようございましょう」

と喜多造が小籐次に繰り返し勧めた。

「そうしたいのは山々なれど、今晩はおりょうのそばで休みたいでな」

と頑固に言い張るのを聞いて、

「ちょいとお待ちを、蓑《みの》を持ってきますでな」

と船着場に止められた荷船に常に備えられている蓑を持ってきた。

「助かる」

小籐次は破れ笠を被り、蓑を着込んでしっかりと胸の前で紐を結んだ。

「赤目様、北町の御用は厄介ごとで」

喜多造が思い切って聞くと、しばし間を置いた小籐次が、

「なんとも妙な頼みであったわ」

と応じ、

「頭、世話になった」

最前よりいくらか滑らかになった口調で言うと、

「頭、舫いを解いてくれぬか」

と願い、棹《さお》を使って風雨の御堀に小舟を出した。

「赤目様、三十間堀から八丁堀、楓川を抜けて日本橋川から大川に出ると河口の荒波を避けられますぜ」

「おお、それも手じゃな」

と応じた小籐次が築地川に向って小舟を流していった。だが、見送る喜多造は小籐次の小舟が三十間堀に曲がった様子がないことを確かめた。

「慣れた内海沿いに大川を上がる気か」

と思いながらも、本日の小籐次はえらく意地を張り、他人の話を聞く気はないようだと思った。とはいえ、天下の酔いどれ小籐次が酒に酔って小舟の操作を誤るなど喜多造は考えもしなかった。

視界から小舟の姿が消えるのを見送ったのち、長屋に戻った。喜多造は、夕餉の膳に座り、飲み残しの酒を平らげて箸をとった。家族はもはや二階の部屋で寝ていた。そんな刻限だった。

小舟が風雨に奮闘する姿を思いながら、喜多造は遅い夕餉を終えた。

翌朝はからりとした晴れに戻り、喜多造はすっかり小籐次のことは忘れた。店に出て荷船の点検をしていると、大番頭の観右衛門が姿を見せた。

「おや、赤目様の小舟がございませんな」

と独りごとを呟く観右衛門に昨夜小籐次に会った一件を告げた。

「なんですと、あの雨風の中、須崎村に戻られましたか。それはまた難儀なことで」

「大番頭さん、赤目様には珍しく呂律が回らぬほどに酒を聞こし召していましたぜ。わっしも何度か新兵衛長屋に泊まることを勧めたのですが、おりょう様の傍らがいいと申されて小舟に乗っていかれました」

「なんと、いささか心配ですな。刻限はどうですね」

「五つ半(午後九時)、いや、四つ近くだったと思いましたよ。そのあと遅い夕餉を独り食っておると、増上寺切通の時鐘が四つを打ちましたもの」

「お上の御用が火急なものでありましたかな」

「それにしては酒をだいぶ飲んでおられました」

「伊勢詣でからほとんど休みなしで働いておられます。そこがな」

「気になりますな」

と観右衛門と喜多造は話したが、

「天下の酔いどれ小籐次に限ってなにか事が起こるはずはない」

と二人して信じていた。だからその場の話はそれで終わった。

久慈屋ではいつものように店の内外の掃除から一日を始めた。

掃除が終わり、奉公人たちが台所の広敷に膳を並べて朝餉を食べ始めた刻限、難波橋の秀次親分が久慈屋に姿を見せた。

「赤目様は新兵衛長屋泊まりですかえ」

「それがな」

と前置きした観右衛門は、喜多造から聞いた昨夜の小籐次との一件を告げた。

「なんですと、あの風雨の中、小舟で須崎村に戻られましたか」

「いくら来島水軍流の伝承者とは申せ、無理をするお齢ではないんですがな」

秀次親分も観右衛門も案じた。

「親分、赤目様はだいぶ酒を飲んでおられたそうですが、親分の家で飲まれましたか」

「うちで酒ですと。酒を飲むどころじゃございませんので」

秀次親分が昨夜の呼び出しの経緯を話した。

「なに、赤目様は初めて会った北町奉行所の年番方与力様と二人だけでどちらかに向われましたので。なんですな、御用とは」

「それがさ、さっぱり分らないんで。近藤の旦那すら奉行所に追い返されたくらいなんで」

「なんだか、極秘の御用ですかね、嫌な話に思えます」

「へえ、そこなんで。それでわっしもこうしてこちらに顔を出してみたんですがね」

秀次が案じ顔で応じた。とはいえ、二人ともそれ以上の話はない。秀次親分が、

「また顔出し致しますので」

と難波橋へと戻って行った。

そんな秀次親分が血相を変えて、久慈屋に姿を見せたのは昼前の刻限だった。帳場格子から目敏《めざと》く観右衛門が秀次の異変を認めた。

「どうしなさった、親分」

「ただ今、石川島の人足寄場《よせば》と畑作地の間の水路で転覆した小舟が見つかったとの話を、うちの銀太郎が大番屋で聞き込んできましたので」

「まさか赤目様が、それはございませんよ。少々の酒に酔う赤目様ではございませんし、なにより来島水軍の血を引いたお方です。江戸の内海でなにかがあったなんて考えられません」

観右衛門が言い切り、国三に喜多造を呼びに行かせた。

「わっしもそうは思うのですがね」

秀次がちょっと安心した体で店の上がり框《がまち》に腰を下ろした。そこへ喜多造が顔を見せ、観右衛門が秀次から聞いた話を告げた。

「まさか赤目様の小舟ではありますまい。ちょいと気になるのは昨夜、大川河口に結構荒波が立っていたことだ」

　と喜多造が言い、

「わっしが須崎村の望外川荘を訪ねてきましょうか」

　と尋ねた。そこへ駿太郎が徒歩で姿を見せて、

「あれ、父上は未だ新兵衛長屋におられますか」

　と言った。

　その言葉に一同の顔が真っ青になった。

「大変だ」

　と観右衛門が呟き、

「頭、船の用意をなされ。国三を伴うのです」

　浩介が驚愕を抑えた口調で命じた。

　喜多造が店を飛び出していった。

「わっしもその船に乗せてくんな」

　秀次親分がだれにいうともなく言った。

「皆さん、どうなされました」

　と怪訝《けげん》な顔で駿太郎が問い質し、

「駿太郎さん、赤目様は昨夜望外川荘にお帰りになっておられませんのですね」

秀次が念押しするように問うた。

「はい。新兵衛長屋に泊まったのではありませんか」

駿太郎が反問した。

「駿太郎さん、話は船でするとしよう」

秀次親分が言い、駿太郎はその場にいる人の顔を見ていたが、

（父上になにがあったとしても大事に至ることはない）

と己に言い聞かせた。

喜多造の船に秀次親分と駿太郎が乗り込み、浩介に命じられた国三も同行することになった。その他、喜多造配下の若い衆一人が乗り込み、急ぎ久慈屋の船着場を離れた。その船を浩介と観右衛門が不安げな顔で見送った。

「親分さん、なにがあったのです」

駿太郎が質した。

「その前に新兵衛長屋に小舟が舫われてないか、確かめに行きましょう」

と喜多造が言い、

「長屋を騒がすこともないや、石垣下に小舟が舫われているかどうかだけ確かめ

るのだ、喜多造さん」

　と秀次が応じた。

「承知しました」

　喜多造が答え、久慈屋の荷船を堀留に入れた。だが、直ぐに分った。いつも小舟が止められていた石垣には舟の影はなかった。

　喜多造が黙って荷船を御堀へと戻し始めた。

「駿太郎さん、なにがあったとはっきりしたことじゃないんだ」

　と前置きした秀次が駿太郎に昨夜の小籐次の行動を告げ、石川島で転覆した小舟が発見されたことも言い足した。

　拳《こぶし》を固めて膝に置いた駿太郎は、黙って秀次の話を最後まで聞き、

「親分さん、父上に限って海に落ちたなんてことはありません。よしんば小舟が転覆しても父上は泳ぎを承知しておられます」

「そう、来島水軍流の技の持ち主だもんな。わっしもそうは思うんだが、昨日からの話が妙でな、つい胸騒ぎがしてしまうがないのだ。笑い話で済まされるといいんだがな」

　と言った秀次がその言葉を最後に黙り込んだ。

駿太郎の拳が震え出した。

その拳を国三が黙って己の手で包み込んだ。

喜多造が操る荷船は築地川から内海に出た。

穏やかな春の陽が海面に差して昨夜の荒れ模様が嘘のようだった。

二

大川は江戸の内海に流れ込む。

流れに立ち塞がって石川島と佃島《つくだじま》がある。大川が内海にぶつかるところに石川島の御用地がある。

石川島の旧名は森島といい、三代将軍家光の代に船手頭石川八左衛門が島を拝領したことから、八左衛門殿島とか石川島と呼ばれるようになった。だが、石川の末裔は寛政四年（一七九二）に永田馬場に引き移っていた。しかしながら石川の名だけは後の世までこの島に残った。

寛政二年（一七九〇）、旗本長谷川平蔵の建議により石川島と佃島の間の湿地帯一万六千余坪を埋立て、無宿者を収容し、仕事を覚えさせる人足寄場が出来た。

小舟は、人足寄場の東にある畑との間の水路の葦原に舳先《へさき》を突っ込むように転覆していたという。

久慈屋の船が到着したとき、町奉行所の役人や佃島の漁師たちが集まっていて、小舟を葦原から引き出そうとしていた。

「あぁー」

と喜多造が小舟を見た途端、呻《うめ》いた。

駿太郎も一瞬にしてそれが小籐次の仕事に使う研ぎ舟であることが分った。

役人の乗った船に南町奉行所定廻《じょうまわ》り同心の近藤精兵衛がいて、喜多造の操る船を転覆した小舟近くへと手招きした。

「秀次、どうだ」

と固い表情で尋ねた。

むろんこの小舟が赤目小籐次のものかどうか質しているのだ。

「父上の舟です」

返答を迷った秀次の代わりに駿太郎がはっきりとした口調で言った。

近藤が黙って駿太郎に頷いた。

「近藤様、父上は」

駿太郎の問いに近藤が首を横に振った。

そのとき、一艘の漁《いさ》り舟が内海から水路に入ってきて、

「佃島の沖合でこんな蓑が見つかりました」

と言いながら漁師が手で広げて見せた。

「父上はかような蓑を持っておられません」

駿太郎が言い、喜多造が、

「すまねえ、その蓑を見せてくんな」

と漁師に願った。手にした喜多造が、

「うちの蓑だ。昨晩赤目様にお貸ししたものです」

となんとも言い難い表情で言った。

「すまねえが蓑を拾った内海辺りをもう少し探してくれないか」

近藤が漁師に願った。

当然、小籐次を捜索してくれと頼んだのだ。捜索する相手が赤目小籐次と承知の様子の漁師が黙って頷き、漁り舟で水路から内海へと引き返していった。

水路に引き出された小舟が役人の小者らの手で表へと返されようとした。水に裏返った小舟は重く、その上小者らは不安定な船での作業だ、力が入らないため

に表には返せなかった。そこで喜多造らも手伝い、ようやく元へと戻し、舟底に残った水を桶で小者が掻い出した。

だれの目にも明らかだった。

小篠次が使っていた研ぎ舟だった。

喜多造が艫を差して、

「お役人、古布に包まれたものが括りつけてございましょう、そいつを確かめておくんなさい」

と願った。

艫に麻縄で縛られてあった包みは舟が転覆しても流されなかったようだ。

小者が麻縄を解《ほど》き、御用船の近藤精兵衛に渡した。

喜多造は黙って近藤が布を解くのを見ていた。出てきたのは赤目小籐次の愛刀次直だった。

「ああー」

初めて駿太郎が絶望の小さな悲鳴を洩らした。

武士が刀を手放すときは、最期のときだと駿太郎は悟ったのだ。

近藤精兵衛が久慈屋の船に乗り込んできて、次直を駿太郎に渡した。古布で包まれていたとはいえ、潮水に一晩浸かっていたのだ。柄《つか》も鞘も濡れていた。

駿太郎はしばしば瞑目したあと、両眼を見開き、鯉口《こいぐち》を切って鞘を払った。すると鎺《はばき》辺りはわずかに濡れていたが、刃は潮水にあたっていなかった。

「どうですね、駿太郎さん」

近藤精兵衛が念押しするように尋ねた。

「父上の次直に間違いございません」

駿太郎がしっかりとした口調で答えた。

「なんということが」

と嘆きの言葉を発したのは国三だった。

「国三さん、父上の舟も刀も見付かりました。ですが、父上が亡くなったわけではありません」

気丈にも駿太郎が国三に答えるというよりその場の全員に言った。

「いかにも赤目どのは来島水軍の末裔だ。小舟が波を食らってひっくり返ったと言ったって赤目どのが溺《おぼ》れ死んだわけじゃない」

近藤が自らに言い聞かせる口調で駿太郎に応じた。

「駿太郎さん、小舟が見つかったときからこの辺りの岸辺や沖を探させております。小舟の主が赤目小籐次どのと分ったからには、佃島の連中が総出で探してくれるでしょう。しばし時を貸して下され」

と願った近藤が同輩らに改めて捜索を強化するように言った。

小籐次の小舟を引いた佃島の面々が石川島との間に設けられた水路を使い、佃島へと向った。

現場に久慈屋の船だけが残った。

喜多造は、小籐次を最後に見送った人物だ。あの折、無理にも引き留めておれば、と後悔しながらも、

「いつもの赤目小籐次様と違い、酒に酔っていた」

ことを気にかけていた。

「喜多造、そなた、なぜ赤目どのの愛刀が舟の艫に括りつけてあることを承知していたな」

近藤が喜多造を質した。

喜多造は昨夜の模様を語った。

「なに、赤目どのが酔い食らうほど酒を飲んでおられたか」

近藤は秀次から、北町奉行所年番方与力の米郷主水が小籐次を連れてどこへと

もなく姿を消したことを聞いていた。よほど人に知られてはならぬ話だったのであろう。

秀次の家に赤目小籐次を呼び出した近藤も、また秀次も話の場から遠ざけられた。そして、酒に酔った小籐次が久慈屋の船着場に戻ってきたのは、四つ前だったという。

米郷主水は、なにを小籐次に頼んだのか。

どのような頼みか近藤には推察もつかなかった。

また小籐次が酒に酔うほど独りで飲むとは思えなかった。当然、米郷と酒を酌み交わしたと思われた。酒に酔った小籐次は、ふだんならば新兵衛長屋に泊まっていただろう。米郷の頼みが無理をさせたと考えられた。

近藤が事情を明かすよう米郷に掛け合ったとしても、米郷が正直に答えるとは思えなかった。

「近藤様、駿太郎さん、おりょう様にお知らせしないでようございますか」

と国三が遠慮げに話しかけた。

近藤が駿太郎を見た。

「未だ父上が亡くなったと決まったわけではございませぬ。母上にこのことを知らせるのはいささか早いかと思います。それより私も父上の捜索に加わりとうございます」

と駿太郎が願った。

「駿太郎さん、捜索は佃島の連中に任せたほうがいい。この界隈の潮の流れは漁師連中がいちばん詳しいですからな」

と近藤が言い、

「喜多造、われらも佃島に行こうか」

と小舟が発見された葦原を離れることを命じた。

駿太郎らを乗せた久慈屋の船を喜多造が佃島の漁師町の水路に入れると、漁り舟が改めて捜索に出ていくところだった。

石川島の南側に位置する佃島は、鉄砲洲からの渡し船の船着場のある西の漁師町と、水路を隔てた東の漁師町の二つに分れていた。

船着場は西と東の水路を結ぶ橋の袂《たもと》に設けられていた。

駿太郎と国三は、近藤とともにこの場に残り、喜多造と秀次はただ今の状況を久慈屋に知らせるために佃島を離れることになった。

網元佃屋庄左衛門《しょうざえもん》方の別棟に赤目小籐次の捜索の本陣が設けられていた。

近藤が駿太郎と国三を案内して本陣に入ると、

「まさか赤目小籐次様の小舟とは考えもしませんでしたよ」

と白髪頭の老人が言った。

「佃屋、赤目どのの子息の駿太郎さんだ」

と近藤が右手に次直を携えた駿太郎を紹介した。

「とんだことになりましたな。なにしろ先夜は、春の嵐が突然吹き荒れましてな、雨まで降っておりました。赤目様は来島水軍の流れを汲むお方と聞いております。まさか、かような仕儀になろうとは」

庄左衛門は駿太郎を慰めるように言った。

「迷惑をお掛けします。されど容易《たやす》く身罷られるような父上ではありません。それに父上は芝口橋と須崎村を毎日のように小舟で往来してこられた。河口が危ないことを承知で、私に河口を上り下りするたびに注意されてきたのです」

と駿太郎は健気《けなげ》に答えた。

「仰るとおりでございます。ただ、お言葉を返すようですが、海では、わっしら漁師でも全く思い掛けないことが起こりますでな」

と庄左衛門が遠慮げに言った。

「父上は生きておられます」

と短く答えた駿太郎は、

「網元どの、真水を頂戴できましょうか。父上の刀の潮水を拭っておきたいのです」

と願った。

「おお、それは気が付きませんでした」

直ぐに木桶に入った真水と使い込んだ木綿の晒が届けられ、駿太郎は一晩水に浸かっていた次直の鞘から潮水を拭い落としていった。そして、作業を続けながら胸の底から湧き上がる絶望感を抑えきれないでいた。

(やはり父上はお亡くなりになったのか)

赤目小籐次ほどの武芸者が刀を手放すのは、それなりの事情がなければならない。それにしても父上は、小舟に乗る折になぜ腰から次直を抜いて艫に麻縄で結びつけられたか。

酔いどれ小籐次の異名をもつ剣術家であったが、駿太郎の前で、

「酒に飲まれた姿」

を見せたことはない。それがどうしてと思った。やはり新兵衛長屋に泊まらず

無理に須崎村に戻ろうとしたこと自体、いつもの小籐次ではなかったように思えた。

鞘をきれいに拭き上げた駿太郎は、柄と鍔《つば》に取り掛かった。本来ならば、目釘《めくぎ》を抜いて茎《なかご》の部分の手入れをしたかった。だが、道具がなにもない。汚れた水を新しい真水に取り替え、晒布で丁寧に柄と鍔を拭い上げた。

どれほどの時が経ったか。

捜索の本陣にどやどやと人影が入ってきて、

「網元、これが佃島の沖合数丁のところに浮いておりましたぜ」

と差し出したのは破れ笠だ。

「駿太郎さん」

と国三が呼んだ。

見ると竹とんぼが一つ差し込まれた破れ笠だった。

「父上」

と駿太郎は思わず呟いた。

（まさか）

と思ってきたが、小舟が、蓑が、次直が見つかり、いま小籐次の大頭に常にあった破れ笠が海面に浮かんでいたという。

「網元、どうするね」

と漁師の一人が尋ねた。

「おめえらも承知だな、舟から海に落ちたのは天下の赤目小籐次様だ。わっしら佃島の漁師はさほど酔いどれ小籐次様と関わりは持ったことがない。だが、江戸が困ったとき、御救小屋《おすくいごや》に六百両もの大金を投げ出されたお方だ。そのお方の生死が分るまで探せ、それが佃島の漁師の心意気だ」

と庄左衛門が漁師たちを鼓舞してまた捜索の場に戻るよう促した。

しかし日没まではそう間がなかった。

駿太郎は次直を鞘に納めると、立ち上がり、

「漁師の方々、私は赤目小籐次の倅にございます。お手を煩わせて申し訳ございません」

と頭を下げた。

「なに、倅さんかえ。酔いどれ様とおまえさんが小舟で芝口橋と須崎村を往来しているところをしばしば見かけておりますよ。網元がいうとおりだ、こたびのことはわっしらが借りを返す番だ。気遣いは要りませんぜ」

漁師の一人が駿太郎に言うとふたたび海へと戻っていった。

「駿太郎さん、いちど店に戻り、旦那様方とこんごのことを相談なさいませぬか」

と国三が駿太郎に話しかけた。

「なんぞあれば芝口橋の久慈屋さんに直《ただ》ちに知らせますよ」

と庄左衛門も言い、

「それがしも一度奉行所に戻ろうと思う」

と近藤も口を揃えた。

「分りました」

と答えた駿太郎は近藤精兵衛に、

「父上の刀、私が持っていてよいですか」

と尋ねた。

「むろん構いません」

近藤は答えながら、北町奉行所の年番方与力米郷主水と会うべきだと考えていた。

こたびの赤目小籐次の小舟転覆騒ぎは、米郷主水との会談とは関わりがないだ

ろう。だが、なぜ小籐次が無理をして須崎村に戻りたかったか、その、

「理由《いわく》」

が知りたいと思った。

三人は水路に残っていた南町の御用船に乗って佃島から築地川へと向った。そこには小籐次が乗っていた小舟がぽつんと残されてあった。

駿太郎はその小舟に孤独と寂寥《せきりょう》を感じた。

（父上は死んだのか）

どう考えてよいか駿太郎は分らなかった。

芝口橋の久慈屋の船着場で駿太郎と国三が下りた。

「なんぞあればお互い連絡を取り合おう」

近藤精兵衛が言い残し、御用船で数寄屋橋《すきやばし》御門側《そば》の南町奉行所へ戻っていった。

その手には小籐次の破れ笠がしっかりと持たれていた。

久慈屋に戻ると、帳場格子を飛び出してきた観右衛門が、

「なんぞ新しいことがございましたか」

と大声を張り上げて聞いた。

「小舟にはこの次直が残されており、父上のいつも被っていた破れ笠が佃島の沖

合で見つかりました」

「なんということで」

と応じた観右衛門が、
ぺたり
と上がり框にへたり込んだ。

そんな様子を小僧たちが訝しそうに見ていた。久慈屋の中でもこの一件を承知の者は限られていた。

「大番頭さん、駿太郎さんと国三を奥へ」

と浩介が冷静な口調で命じた。

奥では昌右衛門が待ち受けていた。

「いかがですか」

「見つかったのは小舟とこの次直の刀、喜多造さんが貸してくれた蓑に破れ笠にございます」

と駿太郎が答えた。

「では、赤目様が見つかったわけではございませんな」

「いえ、赤目様は未だ」

と国三が答えた。

しばし座を沈黙が支配した。

「大旦那様、須崎村にお知らせする時が来ているのではございませぬか」

と観右衛門が沈黙を破った。

「いつまでもおりょう様に知らせないわけにはいきますまい」

と昌右衛門が答えた。

その場へおやえが茶菓を運んできた。

「駿太郎さんはどうお考えですか」

おやえが茶菓を皆の前に配りながら言った。

「父上が行方知れずになって未だ一日は過ぎておりません。私はせめて今晩は様子を見てから母上に知らせてもよいのではないかと思います。母上を悲しませるのは出来るだけ遅いほうが」

「私もそう思うわ」

おやえが駿太郎の考えに同意し、

「駿太郎さんはどうなさいますか。お二人して帰らないではおりょう様が訝しく思われましょう」

と観右衛門が言い出した。

「私の隠居の一件で赤目様に相談することになり、駿太郎さんも新兵衛長屋に泊まることになったとうちの者に知らせに行かせましょうか」

との昌右衛門の言葉に、

「私が参ります」

と国三が即答した。

三

駿太郎は新兵衛長屋に泊まることにした。久慈屋では、

「うちに泊まりなされ」

とだれもが願ったが、駿太郎は、

「長屋に泊まり、父上が小舟に残していた次直の手入れをしとうございます」

と言い、夕餉を馳走になったあと、次直と久慈屋に預けてあった研ぎ道具一式を自ら新兵衛長屋に運んだ。

勝五郎が隣りの物音に気付き、薄い壁越しに、

「なんだい、酔いどれ様よ、こっち泊まりか」

　と聞いてきた。

「勝五郎さん、駿太郎です。父上は御用でこちらに残っておられます。私だけが今晩長屋に泊まります。行灯《あんどん》に火を点《とも》したいのです、火を貸して下さい」

「おお、いま持っていく」

　と応じた勝五郎が、

「酔いどれ様は御用か」

　と壁の向こうから答えたと思ったら腰高障子《こしだか》を開けて姿を見せた。その手には火が点った小割りがあった。

「行灯をこっちに貸しな」

　勝五郎が言うと、行灯の灯心に火を移した。

　部屋の中がぼうっ、と浮かび上がった。

　駿太郎はその瞬間、泣きたくなる衝動に見舞われた。だが、

（天下の武芸者赤目小籐次の子だ。泣いて堪《たま》るか）

　と必死でこらえた。

「独りで寝ることができるか」

「大丈夫です」

「酔いどれ様は夜中に戻ってきそうか」

「そう願っています」

「足りないものがあったら、おれんちに言うんだぜ。おお、めしは食ったか」

「はい、久慈屋さんで夕餉を頂戴しました」

「なんだ、久慈屋も承知のことか」

「明日の朝は新兵衛さんと仕事をします」

「おお、そうしな。駿太郎さんが隣りにいると新兵衛さんも大人しいものな」

と言いながら勝五郎が戻っていった。

駿太郎は井戸端に行き、釣瓶《つるべ》で水を汲むと顔と手足を洗った。そして、桶に水を張って部屋に戻った。

板の間に研ぎ場を拵えた。

駿太郎は、小舟に残されていた次直の鞘を払い、目釘を抜こうとした。目釘は水牛の角、竹、金属製とあったが、次直の目釘は水牛の角製だ。

駿太郎は丁寧に目釘を調べ、目釘抜きで抜いた。さらに柄を抜き鎚を静かに手前に引いて外した。

潮水がどれだけ刃を傷めているか、刀身から茎全体をざっと見た。一晩潮水に浸かっていたわりには錆《さび》など出ていないと思えた。

そこで真水で潮水を洗い落としていた柄を改めて乾いた晒布で丁寧に拭った。

そのあと、丹念に刀身を調べた。

赤目家の先祖が戦国時代、西国の戦場で拾ってきたものとか。刀紋の逆丁子《さかちょうじ》が行灯の灯りに美しく浮かんだ。地鉄《じがね》は、小板目だ。

「父上」

と小声で駿太郎は次直に向って話しかけた。

やはり刀身は鎺のお蔭か、潮水を被っていなかった。

それでも駿太郎は鎺下を丁寧に手入れした。その上で茎を改めたが、こちらもさほど潮水に浸かっていた感じはない。柄が守ってくれたのだろう。

さらに茎を真水で洗い、中砥を使って軽く研ぎをかけた。研ぎ汁を茎にかけながら作業を進めて研ぎ上げ、最後に真水で洗った。そして、晒布で拭うときれいな茎が姿を見せた。

駿太郎の刀研ぎは、小籐次の見よう見まねで覚えたものだ。

刀身は打粉を振るい、拭い紙で拭きとった。

「これでよし」

と自らに言い聞かせた駿太郎は、

（父上、いつでも使えます）

と胸の中で父に話しかけると、もう一度柄と鞘の内外を調べ、一晩空気に晒すことにした。

次直を鞘に戻すのは明日にしようと考えた駿太郎は、畳の間の隅に畳んであった夜具を敷きのべて体を休めることにした。

だが、いつもは夜具に身を横たえると、

すとん

と眠りに落ちるのになかなか眠りは訪れなかった。

（父上に限って亡くなられることはない）

（父上も人の子、身罷られたのかも知れぬ）

（母上にどう話せばよいのか）

とあれこれ考えているうちに浅い眠りが訪れた。

幾たびか目を覚まし、夜明け前に眠り込んだ。すると、新兵衛の調子はずれの歌声が聞こえ、お夕の、

「えっ、駿太郎さんが長屋に泊まったの」

という声もした。

駿太郎は慌てて夜具を畳み、次直に鎺を嵌め、鍔の前後に切羽《せっぱ》を挟み、縁《ふち》を付けて、柄をはめ込み、鞘に納めた。その刀を小籐次が造った隠し戸棚に納めた。

そのとき、腰高障子の向こうから、

「駿太郎さん、起きているの」

というお夕の声がした。

「お夕姉ちゃん、開けてもいいよ」

障子戸が引かれ、お夕が、

「駿太郎さん、一人で寝たの。赤目様は戻ってこなかったの」

「父上は御用なんだ」

「朝餉はうちで食べて、いまおっ母さんに言ってくるから」

と言い残したお夕がどぶ板を踏んで木戸口へと小走りに向った。

駿太郎は研ぎ道具を庭に運び、

「新兵衛さん、隣りで仕事をさせて下さい」

と願った。新兵衛はすでに研ぎ場を設えて、仕事を始めようとしていた。

「かまわぬ」

と答えた新兵衛が、

「親子でいっしょに仕事を致すか」

と言った。やはり当人は赤目小籐次になり切っているようだ。だが、真の赤目小籐次は、もはやこの世の人ではないのかもしれなかった。

駿太郎は、哀しみを隠して、井戸端にいたおきみに、

「おきみさん、包丁を研がせて下さい」

と願った。

「だってこの前酔いどれ様に研いでもらったばかりだよ。それでもいいかね」

「構いません」

と駿太郎が答えたところにお夕が戻ってきて、

「駿太郎さん、朝餉の仕度が出来たわよ」

「私一人ですか」

「だって私、爺ちゃんといっしょに食べちゃったもの。まさか駿太郎さんが一人で長屋に寝ているなんて知らなかったの。さあ、早く食べていらっしゃい」

とお夕に言われた駿太郎は、新兵衛長屋の差配の家に向った。

駿太郎は一人で黙々と、お麻の出してくれた大根の味噌汁と野菜の煮つけを食した。

「ご馳走さまでした」

「あら、もう終わり。二杯しかごぜんを食べてないわ」

「昨夜、久慈屋さんでたくさん食しました。それに今朝は寝坊をして体を動かしていません」

と言いわけした駿太郎は、

「お麻さん、研ぎに出す包丁を貸して下さい」

と願い、出刃包丁と菜切包丁を一本ずつ手にして桂三郎の工房を覗いた。

「赤目様は伊勢から戻ったと思ったら、早速頼まれごとですか。一日とて満足にのんびりする日はなかったのではありませんか」

桂三郎が仕事の手を止めて駿太郎に尋ねた。はい、と答えた駿太郎は、

「いまお夕姉ちゃんと代わります」

と新兵衛の面倒を見ているお夕と交代することを告げ、

「朝餉、ご馳走さまでした」

と言い残して新兵衛のところに戻った。

「おまえさん、駿太郎さんの様子、なにか変じゃありませんか」

「なにか元気がないように見受けられたな」

とお麻の問いに桂三郎も答えた。


同じ刻限、望外川荘では、二日後の芽柳派の集いのための仕度を始めていた。望外川荘は小籐次ばかりか駿太郎まで留守にしていた。昨夕、久慈屋の手代の国三が、

「御用で赤目様も駿太郎さんも芝口新町の長屋に残るそうです」

と知らせにきてくれた。

「わざわざお知らせご苦労様でした」

とおりょうが礼を述べると、国三は早々に船着場へと戻っていった。

小籐次も駿太郎もいない望外川荘に遠慮してのことかと、その折は思った。だが、その夜、おりょうは胸騒ぎを覚えて、なかなか眠ることができなかった。

集いのためのお題を考えながら、おりょうは筆を止めた。

(これまで感じたこともない不安)

が身を襲った。

（わが背に限ってなにが起こるはずもない）

と思い直してみたが、おりょうは集いのお題を考えることに集中できなかった。おりょうは立ち上がると香炉を文机《ふづくえ》の傍らに持ち出し、香をたいて気持ちを和《やわ》らげようとした。


久慈屋に読売屋の空蔵が顔を出したのは、おりょうが香をくゆらせ始めた刻限だ。

「おや、酔いどれの旦那は、今日は川向こうか」

と言った空蔵は、いつも小籐次が研ぎ場を設える場所に無人の研ぎ場があるのに目を止めて、

「どこかへ呼ばれていったかえ」

と帳場格子の観右衛門に言った。

「本日、赤目様はお休みです」

「だったらなんで研ぎ場を拵えておくんだ」

と問い質す空蔵に、

「ご免なさい。私が勘違いして研ぎ場を設けてしまいました」

と国三が謝り、急いで片付け始めた。

「なんだかおかしいな」

と言いながら、どさり、と空蔵が久慈屋の店の上がり框に腰を下ろした。

「大番頭さん、どうしたんですよ、酔いどれ小籐次様はさ」

「うちは確かに赤目様と昵懇の付き合いをさせてもらってますよ。けれど一々本日の行動まで摑んではおりませんでな」

「素《そ》っ気《け》ないな」

と空蔵が呟き、

「妙な話があるんだよ」

と言い出した。

その言葉にぎくりとした観右衛門は、じろりと眼鏡越しに空蔵を見て、店座敷に招じ上げた。空蔵の話がどう赤目小籐次の小舟転覆騒ぎと結びつくか分らなかったからだ。

「赤目様がどうかなされましたか」

「いや、酔いどれ様の話じゃねえや」

観右衛門は空蔵の言葉を聞いて安堵し、なんですね、と問い返すともなく空蔵に応じた。

「大番頭さんよ、呉服町に公儀の呉服御用達後藤縫殿助《ぬいのすけ》の店と居宅があるのは承知だな。まあ、こちらも公儀の御用達の紙問屋だからさ、同じような立場だ」

「承知です。とは申せ、江戸幕府開闢《かいびゃく》以来の後藤様とうちでは、だいぶ様子が違いましょう」

後藤家は神君家康の三河岡崎城在城以来の、

「呉服師」

で、代々縫殿助を襲名する名家だ。

久慈屋は、徳川家が江戸に幕府をおいたのちに江戸へ出てきた商人だ。公儀と関わりがあることではいっしょだが、家柄は比べようもない。

「後藤家がな、一月前からぴしゃりと店を閉ざしているんだよ」

空蔵の言葉遣いが乱暴になっていた。それは話に夢中になったか、考え事をしているときだ。

「それは知りませんでした。またどんな理由でございますな」

「それが分れば苦労はないんだが、えらく厳しい箝口令でよ、北町奉行所の知り合いに聞いてもよ、『しばらく休業じゃ』というだけだ」

「それはまた」

と応じた観右衛門は考え込んだ。

「ただな、こんな話てのはどこからともなく何かと漏れてくるものだ。後藤家の分家が三河から呼ばれて新たな奉公人を集めているという噂が流れているのさ」

「どういうことで」

「それが分らない。ただな、おれの勘だと、酔いどれ小籐次の姿を見かけないこととなんぞ関わりがありそうな気がしてな」

「赤目様は私の知るかぎり呉服師の後藤家と知り合いだとは思いませんがな」

「ないだろうな」

「それでもすっきりしませんか」

「しねえな」

と空蔵が首を捻った。

しばし沈思した観右衛門が、

「後藤様がどうなさったかは存じません。けれど赤目様とは関わりございませんよ」

と言い切った。

「そうか、そうかえ。当の赤目小籐次がいないんじゃ話にもならねえ」

と言い残した空蔵が店座敷から消えた。しばらく観右衛門が考え込んでいると、

「おや、いらっしゃいませ」

と若旦那の浩介の声がして、店座敷に案内する気配があった。浩介に伴われてきたのは、老中青山忠裕《ただやす》の密偵おしんだ。むろん久慈屋では、小籐次の知り合いとして承知されていた。

この場に久慈屋の八代目に近々就く浩介も加わった。小籐次のことをおしんがなにか承知と考えてのことだ。

「赤目様は、伊勢からお戻りとは聞いていましたが、まだ須崎村で休養ですか」

「確かにお戻りです。ですが」

と観右衛門が言葉を止め、浩介を見た。二人がしばし無言の会話を交わし、

「大番頭さん、おしんさんは赤目様のことをよくご存じのお方です。ここはひとつお話しするのも手かと思います」

と浩介が言った。

何度も首肯しながら考えていた観右衛門が、

「おしんさん、いいえ、深夜の大川河口で小舟が転覆して、一昨夜来赤目小籐次様

は行方知れずでございましてね」

「なんですと」

　とおしんは絶句した。

　観右衛門が一昨夜からの経緯を告げ、最後に言い添えた。

「最前も佃島に使いを立てましたが、赤目様は見つかっておりませんので」

「大番頭さん、天下の赤目小籐次様が溺れ死になされるということがございましょうか。それよりなによりこの話、世間に漏れておりませんね」

「というのも事情がございまして」

　観右衛門が、小籐次は北町奉行所の年番方与力米郷主水に極秘に会ったあとこの転覆騒ぎに遭い、駿太郎の判断で小籐次の行方不明は、いまだおりょうにも知らされていないと告げた。

「なんということが」

　と応じたおしんの顔が険しくなった。

「おしんさん、そなた、赤目小籐次様にどのような用で参られました」

「赤目様がさような災難に遭われているとは知りませんでした。となれば私の用事など吹っ飛びました」

観右衛門の問いにおしんが答えた。

なんとも表現しようのない静寂が漂った。

「おしんさん、赤目小籐次様への用とは、呉服師後藤家の奇禍に関わりがございますので」

観右衛門がおしんに尋ねた。

おしんの顔に新たな驚きが広がった。

「どうしてそのことを」

「つい最前、とある人物がこの店座敷で話していかれたばかりですよ」

と観右衛門が空蔵の名を出さずに応じた。

「そうですか、世間に漏れ始めましたか」

その言葉が、おしんが小籐次の力を借りようとした用件が後藤家絡みであることを明かしていた。

「おしんさん、なにが後藤家を見舞ったのです」

おしんは黙り込んだ。

「世間に漏れた話は一気に広がりましょう。ゆえにおしんさんも赤目様の力を借りに来られたのではございませんか」

それでもおしんは黙っていた。が、ぽつんと洩らした。

「北町奉行所の前にある後藤家三代の家族九人と住み込みの奉公人十余人が斬り殺されました。北町奉行所と公儀はあまりの残虐さにこの騒ぎを世間に知らせることを禁じられました。私の知ることはこれだけです」

と言ったおしんは、失礼します、と立ち上がった。

四

昌右衛門と観右衛門を乗せ、喜多造が操る久慈屋の船が芝口新町の新兵衛長屋に立ち寄ると、それを見た駿太郎が柿の木の下の研ぎ場から立ち上がった。そして、研ぎ場を片付けると、小籐次の部屋へと道具を仕舞った。

久慈屋の大旦那と大番頭が二人揃って新兵衛長屋を訪ねることなどまずない。

駿太郎は直ぐに堀留の石垣に寄せられた船へと向った。

新兵衛はちょっぴり寂し気にそんな駿太郎を見送っていた。

勝五郎が久慈屋の船の大旦那と大番頭のどちらへともなく、

「なんぞあったのですかえ」

と尋ねた。

「勝五郎さん、ございました。ですが、ただ今はお知らせすることはできません。しばらく黙って見ていて下さい」

観右衛門が有無をいわせぬ険しい表情で応じ、勝五郎がさらに質そうとしたが駿太郎は無言で船に乗り込んだ。

差配のお麻とお夕の親子が久慈屋の大旦那と大番頭が駿太郎を迎えにきたというので、慌てて長屋の庭に姿を見せた。

そのとき、喜多造の船は石垣から五、六間離れていた。

「お麻さん、お夕姉ちゃん、朝餉有り難う」

と駿太郎の言葉を残し、船は堀留から御堀へと急ぎ向った。

「おっ母さん、なにがあったの」

お夕が母親に尋ねたがお麻も知る由《よし》もない。

「お夕ちゃん、わっしが尋ねたんだが、ただ今はなにも言えないとよ、しばらく黙って見ていてくれだと。なにが起こったのか全く見当もつかないや。あんな険しい顔の久慈屋の大旦那と大番頭さんを見たことはねえ」

勝五郎の言葉も不安に塗《まみ》れていた。

「駿太郎さんは承知なのね」

お麻が朝餉のときの駿太郎の様子を思い出していった。

「おお、久慈屋の大旦那と大番頭が揃って長屋に姿を見せた事情を知っているな。だってよ、黙って仕度して出ていったからな」

勝五郎が答えた。

「おまえさん、昨晩だってそうだ。これまで駿太郎さん一人で長屋に泊まったことなんてあったかい」

おきみが口を挟んだ。

「ねえな。まさか酔いどれの旦那とおりょう様に叱られたってことはないよな」

「勝五郎さん、そんなことはありません」

駿太郎の姉を自ら任じるお夕が抗弁した。

「だよな、あんなにも賢い十二歳はそんじょそこらに見当たらないや。となると酔いどれ様とおりょう様になにかあったのかね」

勝五郎の問いにだれも答えられなかった。

「下々の者、下手の考え休むに似たり、という言葉を知らぬか。かようなときは黙って見ておるのが賢き者の務めなるぞ」

新兵衛の声が今日ほど胸に突き刺さったことはなかった。

喜多造の漕ぐ船は、築地川を出ると江戸の内海の浜沿いに突き出した明石町付近から佃島へと向けられた。着いた先は、赤目小籐次を捜索する本陣のある網元、佃屋庄左衛門の屋敷だ。別棟の納屋に南町奉行所の近藤精兵衛もいた。

「なんぞ新たなことがございましたかな」

観右衛門が近藤に聞いた。

近藤は黙って首を横に振った。

近藤が庄左衛門に久慈屋の七代目を紹介すると、

「お手間をかけます」

と昌右衛門が頭を下げた。

「いやね、久慈屋さん、赤目様のことだ、必ずやどこかに泳ぎついておられるとわっしら佃島から石川島、越中島から海辺新田と探して回ったんだが、どこにもその様子はないんでございますよ」

と言った庄左衛門が駿太郎を見て、言い淀《よど》んだ。

「父上のことなればなんでも仰って下さい。お聞き致します」

「さすがは天下無双の武芸者赤目小籐次様のご子息だ。しっかりとしていなさる。ようございますかえ、これは赤目様のことではございません、かような場合の水に落ちた者の動きです。もし転覆した小舟から海に投げ出された人間が水に溺れたとしたら、最初は水中に沈みますがな、一昼夜した辺りで水面に浮かび上がることがございます。大半の水死者はこのときに見つけられます。いまも佃島の漁り舟が捜索に出ておりますが、赤目小籐次様は見つからない」

「ということは、赤目様はどこぞに泳ぎついておられる」

と観右衛門が言った。

「もしそうならば、赤目小籐次様のことだ。だれぞに連絡を取っておられましょうな」

言外に小籐次の骸《むくろ》が未だ海底にあると庄左衛門は言っていた。

だれもなにも答えなかった。

「大番頭さん、網元さんにあれを」

昌右衛門が言い、観右衛門が袱紗《ふくさ》包みを出して、

「漁を休んで赤目様探しをして頂いた島の方々へのお礼でございます。住吉社の祭礼の折の費えにして下され」

と庄左衛門に渡した。

「住吉社の祭礼の費えと申されればお断わりするわけには参りませんな。わっしらも出来るかぎりのことはやらせて貰います」

と快く受け取った庄左衛門が言った。

船に戻る久慈屋の大旦那と大番頭、それに駿太郎に近藤精兵衛が従ってきた。

「駿太郎さん」

とその近藤が呼びかけた。

「もはやおりょう様にお知らせする時ではないか。どうだな、久慈屋のご両者」

昌右衛門と観右衛門が頷き、

「私どもが駿太郎さんに従ってこれから望外川荘に参ります」

と言った。

佃島の西島と東島を結ぶ橋の袂に止めた船まで戻ってきたとき、

「それがし、北町の年番方与力米郷主水様にお会いした。むろんこたびの赤目小籐次どのの行方知れずとは関わりがなかろう。だが、なぜ、赤目どのが無理をして須崎村に深夜、それも風雨の大川を漕ぎ上がろうとしたか、その曰《いわ》くが知りたかったからじゃ」

と近藤が言い出した。

「米郷様はなんぞ仰いましたかな」

と昌右衛門が近藤に質した。

「それがしが北町奉行所の同心なればとても尋ねられまい。されどそれがしは南町の同心、米郷様の配下ではない。それに米郷様を赤目小籐次どのに口利きしたのはそれがしだ。尋ねることくらいできようと思ってな」


北町奉行所に南町奉行所の一定廻り同心が訪ねてきて、それも年番方与力に面会を求めたというので、北町に緊張が走った。身分違いの南町奉行所同心が異例の面会を求めたのだ。だが、米郷は快く近藤精兵衛を御用部屋に通した上に、

「赤目小籐次氏の奇禍は聞いた。未だ骸は見つからぬか」

と自ら案じ顔で言い出した。

「見つかりませぬ」

と答えた近藤精兵衛は、面談を求めた理由を述べた。

しばし間を空けた米郷が、

「いささか面倒な頼みを赤目氏に願った。じゃが、こたびの行方知れずとは関わ

りないことじゃ」

　と答えた。

「米郷様、赤目どのはそなた様の頼みを引き受けられましたか」

「いささか長い説得になったが、最後には引き受けられた」

「その折、酒は飲まれましたか」

「天下の酔いどれ小籐次ゆえ酒は供した。じゃが、世間に噂される斗酒なお辞せずというほど飲んだわけではない。話しながら、精々《せいぜい》二人して三合ほどだ」

　ということは、小籐次は米郷と別れたのち、どこぞで独り酒を飲んだことになる。

「一昨夜、久慈屋の船頭が小舟を出す赤目どのと話を交しております。その折、あの酔いどれ様が呂律が回らないほどに酔っていたゆえ、何度も引き留めたそうにございます」

「二人して三合の酒でさようなことにはなるまい。久慈屋の船頭が見た刻限は、いつだな」

「四つ前後だそうです」

「ということはそれがしと別れて酒を飲んだか」

「それほど悩ましい頼みを米郷様はなされた」

米郷主水の顔に憤怒が走った。だが、すっ、と怒りを鎮めた。

「用件はそれだけか」

「いま一つ」

「申せ」

「呉服橋前に店を構えて二百二十余年、呉服御用達後藤縫殿助の店がこのところ休業しております。そなた様が赤目小籐次どのとお会いになったことと、この一件は関わりがございましょうか」

米郷が近藤精兵衛を鋭い眼光で睨み据えた。

「北町の同心ならば一喝するところじゃが、そのほうは赤目氏に口利きをしてくれた南町奉行所の同心じゃ。ゆえに叱りはせぬ。その代わり、そのほうの問いに答えもせぬ」

と言った米郷が、手を叩いて同心を呼び、

「玄関へ案内せえ」

と命じた。

「米郷様は、言外に赤目小籐次様に頼まれたことが呉服御用達後藤縫殿助様の一件であると答えられたのでございますな」

と観右衛門が近藤に聞いた。観右衛門の問いには含みがあった。が、近藤はなにも気づかず応じていた。

「それがしはそう受け取った」

「伊勢詣でから帰ったばかりで、厄介に巻き込まれましたか」

昌右衛門が呟いた。

「とは申せ、後藤縫殿助の一件と小舟転覆騒ぎとに関わりがあるとは到底思えぬ」

近藤精兵衛が言った。

「近藤様、私どもは望外川荘に行き、おりょう様とお会いして参ります」

観右衛門が答え、昌右衛門、駿太郎と三人で喜多造の待つ船に乗り込んだ。

近藤精兵衛は船を見送りながら、今朝方会った北町奉行所年番方与力の米郷主水の顔の迷いをぼんやりと思い出していた。

米郷は、赤目小籐次に相談した一件と、こたびの行方知れずをどう結び付けるか、あるいは全く関わりなく赤目小籐次が転覆事故を起こして水死したか、頭の中で考え、迷っている風だった。

どちらにしろ、米郷は動くはずだ。となれば、南町奉行所定廻り同心が北町奉行所年番方与力を見張るか、そんなことを考えていた。

いつしか視界から久慈屋の船は消えていた。

橋の袂に未だ小籐次の転覆した舟が一艘だけ残っていた。

おりょうは、母屋の縁側に文机を出して二日後に迫った芽柳派の和歌の集いのお題を再び考えていた。なぜか今朝から、集中できないでいた。小籐次も駿太郎も、芝口橋に行ったまま、望外川荘に戻ってこなかった。

これまでもかようなことはなくはない。だが、駿太郎まで戻ってこないとはどういうことであろうか。

不意にクロスケが吠え声を上げて船着場へと走っていった。

(戻ってこられた)

とおりょうは安堵し、眼差しを不酔庵の方角へ向けた。その背後の林の向こうに湧水池があって、望外川荘の船着場があった。クロスケは、主の帰りを知ったゆえに飛んでいったのだ。

だが、不酔庵の陰から姿を見せたのは駿太郎と久慈屋昌右衛門、そして、大番頭の観右衛門の三人だった。

おりょうは不安に襲われた。

駿太郎は真っすぐにおりょうを見ていたが、その顔にはなにか感情を抑えた緊張があった。

おりょうは昌右衛門と観右衛門に会釈をしながら、

「どうなされた、駿太郎」

と尋ねていた。

駿太郎がそれには答えず、腰から孫六兼元《まごろくかねもと》を抜いて置くとおりょうの傍らに腰を下ろした。

昌右衛門と観右衛門は未だ庭に立っていた。三人の顔にあるのは、絶望感だとおりょうは思った。

「まさかわが亭主どのが」

駿太郎がおりょうの手を握りしめた。

「父上が水死なされました」

駿太郎の言葉がおりょうの脳裏を通り過ぎて弾《はじ》けた。

「事情を伺いましょう。皆さん、座敷にお上がり下され」

おりょうは、駿太郎の手を放すと、昌右衛門と観右衛門を座敷に招じた。そして、これまで望外川荘に久慈屋の七代目と大番頭が揃って来たことがあったろうか、と考えていた。

駿太郎は、二人の客を沓脱石《くつぬぎいし》から縁側に招じて、最後に己もその場に置いた孫六兼元を手にしながら、

(ああ、父上の次直を新兵衛長屋の隠し戸棚に忘れてきた)

と思い出していた。

「久慈屋の大旦那様と大番頭さんがお揃いで望外川荘にお見えになるなど、まずなきこと。わが背が水死したと駿太郎が話してくれましたが、経緯をご説明下さいませぬか」

おりょうの口調は一瞬の裡《うち》に平静に戻っていた。

昌右衛門はその顔に微笑《ほほえ》みさえあることに驚きを隠し得なかった。

「男子はいったん外に出れば七人の敵がいるとか。まして、わが背は天下に名高き勲しの持ち主です。それが溺れ死にするなどございましょうか」

おりょうの言葉に促された観右衛門が一昨日、秀次親分が久慈屋を訪ねて小籐次を親分の家に連れていったことから、石川島の葦原で転覆した小舟が発見され、相次いで海面に漂う蓑や破れ笠も見付けられたことまでを告げた。

「では、わが背の亡骸《なきがら》は未だ見つかってはおりませんので」

「おりょう様、それはまだでございます。佃島の漁師たちが未だ必死で捜索中でございます」

と言った昌右衛門が、

「おりょう様、お許し下され。おりょう様にお知らせせず、駿太郎さんを一晩引き留めて赤目様の捜索の結果を待ったのには理由がございます。赤目様は申すまでもなく来島水軍流の達人、あの界隈の内海も舟も泳ぎも承知ゆえ、どこかに泳ぎついておると私どもは考えたのです。昨日のうちにまず小舟の転覆と発見を知らせるべきであったかもしれません」

と言い添えると、

「いえ、私が願ったのです」

と駿太郎が言い出した。

しばしおりょうは沈思していた。

「皆様のお気遣いに感謝申し上げます。とは申せ、わが背赤目小籐次が身罷ったとは、どうしても未だ私には考えられませぬ。しばらく気持ちの整理がつくのをこの望外川荘で待ちとうございます」

おりょうが昌右衛門と観右衛門に願った。

「おりょう様のお気持ちよう分りましてございます」

と昌右衛門が答え、

「おりょう様、私どもにできることがございましょうかな」

と尋ねた。

「有り難うございます」

と応じたおりょうが不意に、

「船で参られましたか」

と尋ね返した。

「はい」

「ならば、私を押上村のげんげ畑に送ってくれませんか。帰りは、駿太郎と二人ゆっくりと歩いて戻って参ります」

と願った。

お梅に留守を頼み、喜多造の櫓でつい先日、小籐次といっしょに訪ねたげんげ畑に向おうとすると、なぜかいつもは留守番のクロスケが船に乗り込んできて、おりょうの傍らに寄り添い、離れようとはしなかった。

「喜多造さん、クロスケも乗せて下さい。帰りは母上とクロスケと歩きます」

と駿太郎が願った。

押上村のげんげ畑は先日ほどではないが未だ咲いていた。

おりょうは駿太郎を伴い、クロスケといっしょに土手に立ち、ただ時が過ぎゆくままに眺めていた。

その様子を眺めていた昌右衛門と観右衛門は、

「戻りましょうか」

「おりょう様と駿太郎さんの二人の邪魔をしてはなりますまい」

と言い合い、喜多造に合図して芝口橋へと船を出した。

第四章　小籐次の死

一

須崎村の望外川荘では静かに日々が過ぎていった。

おりょうは、芽柳派の主宰者として予定どおり集いを果たした。

門弟たちはいつもどおりのおりょうの言動になんの異変も感じることなく、いつも以上に静かな雰囲気の中で歌作をなし、講評しあい、集いは果てた。

だれ一人としておりょうの変化に気付いた者はいなかった。

駿太郎は、母親の傍らにいて川向うに出かけることはなかった。

おりょう、駿太郎、お梅、百助、そして、クロスケが加わった暮らしが淡々と繰り返されていた。

望外川荘の異常が隠された静かな日々が突然終わった。

久しぶりに稽古に来た創玄一郎太、田淵代五郎が血相変えて弘福寺の寺道場に飛び込んできて、智永に手にした読売を突きつけた。

「なんだよ、一郎太さんよ。また大師匠の酔いどれ小籐次がなにかやらかしたか」

と智永は読売を手にして視線を落とし、

「な、なんだと、天下無双の赤目小籐次死す、だと。そんなばかな話があるか」

「おい、智永、近ごろ赤目様の姿を見かけたか」

「うむ、そういえば大師匠は望外川荘にいないよな」

「おりょう様と駿太郎さんはどうしておられる」

「望外川荘におられるぜ。赤目小籐次が亡くなってよ、あんな風に平然と暮らしが続けられると思うてか」

と応じた智永が読売を読みだした。しばし無言で読売を読んでいたが、

「なんだって、五日前の夜、風雨に荒れた大川河口で小舟が転覆したのか。だって、だれもそんなこと言わないぜ。赤目小籐次が亡くなったなら、なにか変わったことがあってもよさそうじゃないか」

というところに和尚の向田瑞願《ずいがん》が姿を見せて、

「なにを騒いでおる」

と質した。

智永が黙って読売を渡した。

「なになに、赤目小籐次が死んだとな。そんなことがあればいくらなんでもうちに相談はないか。待てよ、おまえ、何日か前、久慈屋の大旦那と大番頭が駿太郎といっしょにおりょう様と会ったと話さなかったか」

「親父、言ったぜ。だけどよ、えらく深刻そうな話でよ、さすがのおれも遠慮したんだ。そしたら、久慈屋の船に乗っておりょう様と駿ちゃん、それに犬のクロスケまでどこかに出かけたな。帰ってきたのは知らないや」

「そして、二日後には芽柳派の集いがいつもどおりあったな」

「あった」

「そして、この読売か。おかしい」

「おかしいってなにがよ。こんな大事があれば大騒ぎがおころうが、望外川荘は淡々と暮らしを続けているぜ。でもよ、読売には佃島で未だ小籐次の亡骸探しが続けられていると書かれているぜ」

「そこがおかしい」

向田瑞願は言った。

「海に落ちた骸は、未だ上がらぬのじゃな。川と海がぶつかるところは危険極りないのだ。来島水軍流の末裔がそんなことは百も承知だ」

「親父、天下の酔いどれ様といえども、酒に酔って荒れた海に落ちれば溺れ死ぬことも考えられるぞ」

うーむ、と瑞願和尚が唸《うな》った。

一郎太と代五郎は黙り込んだままだ。

「親父、おりょう様や駿ちゃんばかりかお梅もいつもの暮らしを続けているんだよ。だがな、必ず夕刻には久慈屋の手代の国三さんが望外川荘を訪ねて話していくぜ」

そこだ、と向田瑞願が読売を手にして考え込んだ。

「これはご当人に確かめるしかあるまい」

「ご当人って赤目小籐次様は溺れ死んだんだぜ、どうやって確かめるよ」

「おりょう様と駿太郎にだ」

「知らないかもしれないじゃないか。読売なんて突き付けて驚かせることになららないか」

「いや、承知しておられる。ゆえにあのように耐えてふだんの暮らしを続けておられるのだ」

と瑞願が言い切った。

「和尚、智永、この読売だがな、いつもの空蔵と申す読売屋のものではない。赤目小籐次様にだれよりも詳しいのは空蔵であろうが、それをなぜ他所の読売屋が抜いたのであろう」

一郎太が自問するように言った。

「空蔵だって抜かれることはある」

と智永が言い、

「やっぱり望外川荘に皆でいこう」

向田瑞願が本堂から下りた。

駿太郎は、望外川荘の庭先で孫六兼元をゆったりと抜いては鞘に納める動作を繰り返していた。そして、おりょうは座敷で文机に向っていた。

いつもの望外川荘の光景のようでもあり、強《し》いてふだんの暮らしを己に課しているようにも見えた。

「駿太郎さん」

　一郎太が真剣を抜き差しする駿太郎に声をかけた。その声に駿太郎が抜いた兼元を鞘に納めて四人を見た。

「おりょう様、ちと伺いたきことがあって参上した」

　瑞願和尚がすでに顔を四人に向けていたおりょうにいった。

「なんでございましょう、和尚さん」

「読売が妙なことを載せたそうな、間違いとは思うがおりょう様方が承知かどうか聞きに参った。間違いなれば失礼の段、お詫び致す」

　ふだんとは全く違う瑞願の口調だった。

　駿太郎が縁側にやってきた。

「赤目小籐次が身罷ったという話ですか、和尚様」

「その他になにがある。読売が面白おかしゅう作り話をでっち上げたのであろうな」

「私もそうであればどれほどよかろうかと思います」

「えっ、真の話か」

　智永が駿太郎に質した。

「智永さん、一郎太さん、代五郎さん、父上が海に落ちて六日が過ぎました」

駿太郎が哀しみを堪えた顔で言った。

「なんてこった。親父、どうすればいい」

智永が父親の瑞願和尚に尋ねた。

「骸が上がれば弔いのしようもある。おりょう様と駿太郎がじいっと耐えておられるのは、赤目小籐次の死を認めたくないからであろう。違いますか、おりょう様」

おりょうが瑞願の問いに頷いた。

「やはりな」

「和尚様、骸が見つからなくとも通夜や弔いは出来ますか」

駿太郎が聞いた。

「身罷ったことが明白なれば出来ぬ相談ではない。だが、それもこれもおりょう様と駿太郎の気持ち次第じゃ」

一同が頷き、一郎太が言った。

「この読売によると、この話の出所は北町奉行所のさる筋となっておりましょう」

「ということは奉行所が赤目小籐次様の死を認めたのか」

と智永が一郎太の言葉に応じた。

「そうとも考えられる」

「うーむ、どうしたものか」

一郎太の返答に瑞願が唸っておりょうを見た。

「通夜や弔いは和尚さんの申されるとおり、私ども親子の気持ちが定まったときに催しとうございます。いけませぬか」

「いや、最前返事をしたとおりそれでよかろう」

と瑞願が言い、おりょうが礼を返した。

「駿ちゃん、ということはよ、このまま望外川荘で暮らしていくんだよな」

「はい。かように皆様が父上のことを承知なされたのです。本日から寺道場で稽古を致します」

と智永の問いに駿太郎が答えた。

「それはどうかな」

「いけませぬか、智永さん」

「駿ちゃんの親父様は『御鑓拝借』の武芸者にして、江戸一番の人気者だぜ。こんな読売が出てみろよ、大勢の知り合いやら野次馬が望外川荘に押しかけてこないか。おりょう様も駿ちゃんもいつもの暮らしをしながら、気持ちが落ち着くのを待ちたいのだろ。それどころじゃない、この界隈が大騒ぎになると思わないか」

「なるな」

と田淵代五郎が言い、

「静かなところにしばらく親子で引っ越したほうがよくないか」

と智永が提案した。

駿太郎がおりょうの顔を見た。

「さようなことを考えもしませんでした。どうしたものでしょう、駿太郎」

母親が倅の考えを質すように見た。

「母上、私も智永さんの考えに従うのがよいように思えます」

「おりょう様、そうなさるか」

瑞願がおりょうに念を押した。

「ですが、差し当たって引っ越す先のあてが思い浮かびません」

「おりょう様、過日、げんげ畑を押上村に見に行かれたそうじゃな」

と瑞願が質した。

「参りました」

「押上村に愚僧が若いころから懇意にしてきた常照寺がござる。ここの離れならば、確か空いていたはずじゃ。智永、そなた、ひとっ走り和尚に聞いてこぬか」

「親父、そんな余裕はねえぜ。急いでさ、夜具を大八車《だいはちぐるま》に積んでさ、身の回りのものを持って常照寺に行ったほうが賢明だ。離れ屋はつい数日前も空いていたのをおれは承知だ」

と智永が言った。

「駿太郎、宜しいですか」

おりょうの決心に駿太郎も頷き、急ぎおりょうと駿太郎が衣類などを風呂敷に包み、夜具を寺にあった大八車に積んで引っ越し仕度をした。

望外川荘には百助、お梅とクロスケが残ることになった。

智永が簡単に二人に事情を告げると、驚きに言葉も出ない幼馴染のお梅に、

「お梅、こんなときこそ、おめえがしっかりしないといけないんだぞ。いいな、だれが望外川荘を訪ねてこようと、おりょう様と駿ちゃんの行き先は、知らぬ存ぜぬで押し通すのだ」

と言い聞かせた。

「智永さん、この話、冗談ではないのね」

ようやく口が利けるようになったお梅が念押しした。

「もはや読売に載った話だ。赤目小籐次様はよ、江戸の内海の底にいなさる」

「なんてことなの」

お梅が泣き出した。

「お梅、泣いている場合じゃないぞ。二人の行き先は内緒だ。いいな、こちらが落ち着いたらおれが教える」

智永が言い、おりょう、駿太郎に一郎太、代五郎、智永の三人が随行して押上村の常照寺に向った。

大八車を引いていくのは駿太郎、一郎太、代五郎の三人だ。

「常照寺はよ、押上稲荷が境内《けいだい》にあるだけの寺でさ、うちとおっつかっつの貧乏寺だ。だけど、離れ屋は一時、高名な絵師が住んでいたとか、なかなか凝った造りだぜ」

智永もよく承知のようで駿太郎に言った。むろんこの話はおりょうにも聞かせていた。

「和尚に大黒様はおられますか」

とおりょうが尋ねた。

「二人ほど嫁がきたけどさ、両方とも逃げられたんだ」

「智永の親父様と同じく、お酒のせいか」

「一郎太さん、それが違うんだ。酒も煙草も勿体《もったい》ないってんで飲まないんですよ。その代わり、道楽は金を貯めることなんです。嫁さんはあまりにもケチだというので二人とも出ていったんです。寺は貧乏ですが、和尚はうちと違って小金を蓄えているんです。うちの親父は何度も金を借りに行ったそうですが、一文たりとも貸してくれたことはないと嘆いてました」

駿太郎は妙な寺に縁があるなと考えながら、

（こんな暮らしがいつまで続くのか）

と思った。

常照寺は、げんげ畑の向こうにあった。そのげんげももはや花の時節は終わりかけていた。

「おれが先に行って和尚に掛け合ってくるよ」

と言い残した智永がおりょうの風呂敷包みを背負って駆け出していった。

おりょうたちがくたびれて手入れのされていない山門に大八車を引いて到着したとき、庭掃除でもしていた体の和尚栗津栄丸《あわつえいがん》が智永と姿を見せた。

「離れ屋を借りたいというご仁は四人か」

「和尚、説明したろうが。おりょう様と駿太郎さんの二人だよ、あとの二人は付き人だよ」

「望外川荘の住人というたな、赤目小籐次様の内儀と子息じゃな」

常照寺の和尚は望外川荘の住人のことを承知していた。

「そういうことだ。騒ぎはさ、まあ一月もあれば落ち着こう。だからさ、一月ほど離れ屋を貸してほしいのだ」

「それはよい。智永、家賃は払ってくれるのだろうな」

と小声で智永に質すのが聞こえた。

「和尚様、赤目りょうにございます。急な話で申し訳ございません。智永さんが申されたとおり、どんなに長くとも一月もあれば騒ぎが鎮まろうと思います。その間、離れ屋をお借りできましょうか。むろん離れ屋の家賃はお支払い致します」

「おお、そうか、ならば離れ屋を見てくれぬか」

栄丸和尚が一行を山門のすぐ右手にある離れ屋に連れていった。掃除も行き届いた六畳と四畳半の二部屋の建具《たてぐ》は開けられて風と光が通っていた。そのうえ縁側からげんげ畑が見えた。

「気持ちのよい離れ屋です」

「家賃じゃが前払いでよいか」

栄丸が言い出した。

「和尚、強気じゃな、おりょう様が離れ屋の家賃を払わぬわけはなかろう」

智永が文句をつけた。

「天下の赤目小籐次様の奥方と子息じゃぞ、前払いはできよう」

と言い返した栄丸和尚が、

「ところで主の赤目小籐次様はどうなされた」

「そこだ、和尚。いささか事情があってな、この二人はしばらく望外川荘を離れられるだけだ。ここにおりょう様と駿太郎さん親子がいることは、檀家にも内緒だぞ」

「話が分らぬが、一月一分二朱でどうだ」

「和尚、足元を見て欲張るでないぞ。この界隈の相場から見て三朱が至当だな」

「ううん、一分一朱ならばなんとかしよう」

二人が問答を続けた。

「和尚様、ここに二分ございます。なんぞお借りすることがあるやもしれませぬ。お納め願えますか」

「なに、二分か。いったん懐に納めた銭は返却できぬがのう」

とケチ和尚がいい、おりょうは頷き返した。


望外川荘に、真っ先に飛び込んできたのはやはり空蔵だった。

応対したのは顔に涙の痕《あと》を留めたお梅だった。

「おい、この読売に書いてある話は真のことか。赤目小籐次ともあろう者が小舟から転落して溺れ死んだなんて嘘だよな、お梅さんよ」

空蔵の詰問に首を横に振ったお梅がまた泣き出した。

「赤目小籐次のこんな大事をこの空蔵が知らずして、仲間の瓦版屋に抜かれちまった。面目もねえが、一体全体どうなっているんだよ」

「私も最前、知らされたばかりでなにも分りません」

「おりょう様と駿太郎さんはどこにいなさる」

それが、と涙を流しながらお梅は首を横に振り続けた。

「赤目小籐次が死んだなんてどうなってんだよ」

空蔵がべたりと縁側に腰を落として座り込んで、

「おりゃ、信じねえぞ。こんなばかな話はねえものな。『御鑓拝借』、『小金井橋十三人斬り』を始め、幾多の戦いを勝ち抜いた赤目小籐次が、慣れた小舟から海に落ちたくらいで、あっさりおっ死《ち》んだなんて信じられるか」

と吐き捨てた。

そのとき、なぜ仲間の瓦版屋め、北町奉行所のさる筋からこの話を聞き出したのだろうかという疑問が空蔵の頭に湧いてきた。

（よし、酔いどれ小籐次が死んだのは真としよう。だが、赤目小籐次の最期を飾るのはこの空蔵の筆だ）

と思い付いた空蔵は立ち上がった。

その視線の先に、おりょうの門弟衆や新兵衛長屋の勝五郎や深川のうづらが、さらには大勢の野次馬たちが次々に望外川荘に押しかけてくる姿があった。

駿太郎は常照寺の離れ屋に住まい始めた日から、稽古場を常照寺の墓地に替えた。

二

独り稽古だ。

駿太郎にとって、おりょうが淡々といつもの暮らしを続けようとしているのが救いだった。

常照寺と弘福寺がよく似ているのは、檀家が少なく墓参りに滅多《めった》にこないことだ。栄丸和尚と瑞願が大きくことなるのは、片方は小金を貯め込んでいるのにケチ、もう一方は金さえあれば酒に費やして貧乏な点だろう。

どちらが幸せなのか駿太郎には分らなかった。

独り稽古を続けながら、新兵衛長屋に残してきた父の愛刀次直を密かに取りにいきたいと駿太郎は考えていた。

その日、お梅が常照寺を訪れ、久慈屋の国三が訪ねてきて小舟を湧水池の船着場においていったと知らせてくれた。小籐次が長年使ってきた小舟ではない、別の小舟だという。また望外川荘を訪れる人びとの数は少なくなったが、未だいなくなったわけではないと告げた。

駿太郎は、未明のうちに小舟を使い、新兵衛長屋を訪れ、密かに次直を持ち帰りたいとおりょうに願ってみた。

おりょうはしばし沈思した。

駿太郎がこのところおりょうの心身を気にして、自らは鬱々としていることに気付いていた。

「よいでしょう」

おりょうは駿太郎の櫓さばきを認めたように言った。

「新兵衛長屋に参ったら、母が書く文をわが両親と差配のお麻さんに密かに届けて下さい。私どもがどこへ行ったか案じておられましょうからな」

駿太郎は、月が押上村を照らし始めた刻限、密かに常照寺を出て、望外川荘の船着場に戻り、久慈屋の国三が届けてくれたという小舟へ乗り込んだ。以前の小舟より一間ほど長く幅も広かった。

そのとき、林の中からクロスケが飛び出してきた。

異変を察しているのか押し殺した声で喜びを示すクロスケの体を駿太郎は抱き

しめると、

「クロスケ、そなたも新兵衛長屋にいっしょに行こうか」

と話しかけた。明朝までに戻ってくれれば、お梅が心配することもあるまいと考え、小舟を出した。

湧水池から隅田川に小舟を進めた駿太郎は流れに乗って下っていった。

大川河口に差し掛かったとき、駿太郎は、

「父上、なにがあったのでございますか」

と独り呟いた。

だが、答えが返ってくることはなかった。

新兵衛長屋の堀留に小舟をつけたとき、深夜九つ（午前零時）を過ぎた刻限だった。

小舟のそばにクロスケを残し、一人新兵衛長屋の裏庭に上がると小籐次の部屋の腰高障子を静かに押し開けた。

駿太郎は音がせぬように小籐次が拵えた隠し戸棚を開けた。そして、手探りで次直を摑もうとした。だが、次直は狭い隠し戸棚にないばかりか、万が一の折のために残していたはずの数両の金子もなかった。

（だれが次直と金子を持っていったのか）

隠し戸棚があることを承知しているのは小籐次、駿太郎親子と隣りの勝五郎くらいだろう。

勝五郎が気を利かせて自分の部屋に持っていったか。あるいは秀次親分らがなにかこの部屋を探って隠し戸棚を見つけたか、そんなことを駿太郎は考えていた。

すると部屋の前に立った人影があった。

板の間から駿太郎が振り向くと勝五郎だった。

「駿太郎さんか」

勝五郎が小声で問いかけ、暗がりから、

「なにか探し物か」

と尋ねた。

「父上の次直を取りに参ったのです」

「もはや酔いどれ様には用はないやな」

という勝五郎の乾いた声は淡々として虚《うつ》ろに聞こえた。

「勝五郎さん、刀も父が万が一のために隠し持っていた金子もないのです」

「えっ、駿太郎さんが望外川荘に持ち帰ったんじゃないのか」

「違います。潮水に浸かった次直の手入れをして、ここに入れたまま忘れていたんです」

「ということはだれかが刀と金を持ち去ったということか」

「分りません」

暗闇で二人は顔を見合わせた。

「ここに残したというのは確かだろうな」

「間違いありません」

しばし間があって勝五郎が言い出した。

「二日前の夜中だ。酔いどれ様の部屋にさ、人の気配がしているような気がしたんだ。だがよ、もはや赤目小籐次はこの世の人ではない、と自分に言い聞かせてまた寝込んだんだ。そんとき、酔いどれ様がいないてんで、盗人《ぬすっと》めに入られたかね」

「さようなことがありましょうか」

「分らねえ」

と応じた勝五郎が、

「ところで駿太郎さんよ、望外川荘にいないってな、どこに行ったんだよ、長屋じゅうが心配しているぜ。久慈屋に問い合わせても知らないって素っ気ない返事だしよ、大番頭は承知のはずだがな」

「いいえ、久慈屋さんにも伝えていません。父上が亡くなったというので、大勢の人が望外川荘に母上を見舞いに参られましょう。そこで騒ぎが鎮まるまで須崎村近くに母上と引っ越したのです」

「この長屋だって読売が売り出されたあの日には何人もの人が、『酔いどれ様が死んだってのはほんとうか』と尋ねにきたぜ。おれたちには藪から棒の話だ、驚いたのなんの。腹が立つのはこの話を抜いた瓦版屋だ。酔いどれものならば、空蔵とこの勝五郎の縄張りだ。それがさ、競争相手の瓦版屋に抜かれてよ、ほら蔵も怒り狂っているぜ」

「私どもも騒ぎに巻き込まれたくありません。そこで望外川荘を密かに出たのです」

「おりょう様は、哀しんでおられるだろうな。胸のうちをさ、察するぜ」

「母上はふだん以上に落ち着いておられます」

「さすがに武家方の女子だな。長屋のかかあ連中のようにわあわあきゃあきゃあ、騒がないか。でもな、胸のうちは哀しみにくれておられるぜ」

駿太郎は、暗闇の中で、はい、と返事をした。

「空蔵がな、酔いどれもの最後はおれが締めてやるって、弔い合戦だとよ、必死で走り回っているがな、赤目小籐次がこの世にいないんじゃ、もはや弔い合戦もなにもあるものか」

勝五郎が投げやりな口調で言った。

「空蔵さんにも勝五郎さんにも迷惑をかけました」

「そう言うねえ、駿太郎さんから言われるのが一番つらいぜ」

と応じた勝五郎が、

「空蔵め、妙なことを言っていたな」

「妙なことってなんですか」

「酔いどれ様が小舟から海に落ちた夜のことだ。赤目小籐次は、北町の年番方与力の米郷某《なにがし》ってご仁と時を過ごしていたそうだ。何か頼み事をされたらしい。その話の最中に飲んだ酒が命取りになったってな」

「勝五郎さん、妙な話って、父上が酒を飲んだことですか」

「だってよ、酔いどれ小籐次が親しい交わりがあったのは、南町奉行所だぜ。その北町の与力に頼まれて口利きしたのが南町の同心近藤精兵衛様というんだ。南北奉行所はよ、月交替で江戸の治安や商いを監督するのが務めだよな、いわば競争相手だ。その北のお先棒を南の近藤様は担《かつ》いだってわけだ。といって近藤様も秀次親分も話の中身はなにも知らされていないそうな。妙な話と思わないか」

駿太郎は、父がそんな妙な話を受けたのだろうか、と考えた。だが、それ以上のことは理解がつかなかった。

「父上は、北町の与力の頼みをどうしようと考えられたのでしょう」

「駿太郎さん、そいつばかりは、もはや米郷某に聞くしかあるまい。近藤様が北町に乗り込んで掛け合われたそうだ。だがよ、秀次親分の話では、『同心風情が知るべき話ではない、口を挟むな』みたいなことを言われて追い返されたそうだ。酔いどれ様への口利きを頼んでおきながら、こんな羽目になったらよ、高みからものを言いやがる」

「空蔵さんは、父上が米郷様に頼まれた話を調べておられるのですか」

「どうもそうらしい。だがよ、なんどもいうが、肝心要《かなめ》の酔いどれ様が三途《さんず》の川を渡ってしまったんだぜ。どうにもこうにも読売になるか」

勝五郎が苛立った口調で言った。

駿太郎は引きどきだと考えた。

「勝五郎さん、お夕姉ちゃんに宜しく伝えてください。私たち親子は元気にしているからって」

「ああ、伝えるよ。おりょう様の気持ちも分らないじゃねえが、赤目小籐次の弔いを考えなきゃならないぜ。駿太郎さん、おりょう様と話し合えるならば話してみないか」

暗がりの中で駿太郎が頷き、

「ああ、そうだ、この文、明朝、お夕姉ちゃんの家に届けてくれませんか」

母から預かった文を勝五郎に渡した。

駿太郎は、新兵衛長屋に半刻ほどいて小舟に戻った。

勝五郎が見送りにきて、

「こんなときはよ、長屋じゅうで集まってよ、ぱあっ、と酒でも飲めばいいんだが、酔いどれ小籐次がいないんじゃ、なんともしょうがねえや」

とぼやいた。

そのとき、それまでじいっとしていたクロスケが立ち上がり、暗闇に向って吠えようとした。

「クロスケ、ここは須崎村ではない。江戸の町中だ。吠えてはならん」

と駿太郎が注意すると、クロスケがしぶしぶ吠えるのを止めた。

「うむ」

そのとき、何者かに見られているような感じを駿太郎は持った。だが、

「クロスケは賢いな。ともかく気をつけていくんだぜ」

という勝五郎の声にそのことを忘れた。

クロスケはその場を動こうとはせず、

「クロスケ、祖母上様のところに参るぞ」

と駿太郎が誘ったが、小舟に乗ろうとはしなかった。

「なんだ、クロスケは長屋に残るというのか」

と繰り返し呼びかけたが、全く動く気はないらしい。

「駿太郎さんよ、クロスケが行きたくないというのなら長屋に残していきねえ。餌くらい長屋で面倒見るからよ」

勝五郎が言い、駿太郎は致し方なく、

「長屋の衆に迷惑をかけるのではないぞ」

と言い聞かせ、クロスケを新兵衛長屋に残すことにした。

「一体全体酔いどれ小籐次たあ、何者だったんだよ」

寂し気な独り言が勝五郎の口から洩れた。

駿太郎は黙って一礼し、勝五郎とクロスケの見送りを受けながら小舟を堀留から御堀に向けた。

母親から預かった文を密かに日吉山王大権現裏に住む御歌学者北村舜藍の屋敷の門内に差し込んだ。おりょうの実家だ。むろん両親がおりょうのことを案じていると考え、文を認めたのだ。

おりょうの用事を果たした駿太郎は、また芝口橋を小舟で潜った。

ふたたび江戸の内海から大川河口へと漕ぎ上がったとき、駿太郎は、

(もしや)

という思い付きが頭に閃《ひらめ》いた。

次直を持ち去った人物についてだ。

(そんなはずはない)

と頭に浮かんだ考えを捨てようとした。だが、櫓を漕ぎながら駿太郎は、そのことをあれこれと考えた。

(空蔵さんだって父上の弔い合戦をしているのだ)

赤目駿太郎に出来ることはなんだろうか。そして、父上が望むことは。

（母上をお守りすることしかない）

と思い直し、櫓に力を入れた。


この日の昼下がり、創玄一郎太と田淵代五郎が池端恭之助を伴い、押上村の常照寺の離れ屋を訪れた。顔をこわ張らせた恭之助がおりょうに、

「なんと申し上げてよいのか、言葉が見つかりませぬ。読売に載った赤目様の奇禍、真であろうかとこの両名に質しましたところ、『真です』との答え、殿の命で望外川荘に急使を立てました。ですが、おりょう様も駿太郎さんももはやどこかに移られたとのこと。そこでそれがしがこの両名に厳しく質しましたところ、ようやくこちらにおられることを話してくれました。この二人には罪はございません」

と言った。

「皆さんに心配をお掛け申しました」

と応じたおりょうが、もはやげんげの花が散り消えた田圃《たんぼ》を見た。

「こちらに来る途中、佃島にも立ち寄って参りました」

「佃島の漁師衆にも迷惑をかけております」

おりょうが田圃から視線を恭之助に戻して言った。

「佃島の方々は未だ父上を探しておられますか」

「漁の合間には視線をあちらこちらに配っておるようでしたが、捜索専従というわけではないようです」

駿太郎の問いに恭之助が答えた。

「致し方ございません」

とおりょうが洩らし、

「池端様、なんぞ御用があっての来宅ではございませぬか」

と質した。

「殿はこの一件にひどく驚いておられます。おりょう様に森藩がなんぞできることはないか、質して参れとの命にてかく参上致しました」

池端恭之助は言外に弔いはどうするのか、藩主久留島通嘉の言葉として質していた。

おりょうはしばし間をおいて言い出した。

「わが背が海に落ちて何日が過ぎたのやら、失念致しました。いえ、考えたくないのでございます、池端様」

恭之助が首肯し、おりょうが駿太郎を見た。なにか考えがあるかと、問うているようだった。

「母上、確たる考えはありません。ですが、一つだけ気にかかることがございます。あとである所を訪れて尋ねたいことがございます。その上で母上、父上のことを話し合いませぬか」

と願った。

駿太郎は物心つかない年頃に実父の須藤平八郎を亡くしていた。刺客として小籐次の前に立ち塞がった須藤は、剣客としての尋常の勝負を小籐次に願った。そして、勝負の直前の約定により駿太郎は、赤目小籐次の子として育てられた。いま、その養父をも失った。

「かまいませぬ、駿太郎」

池端恭之助は、おりょうと駿太郎親子の会話に藩主久留島通嘉の願いは伝わったと思った。

赤目小籐次の弔いをなすときは、森藩が助勢するという暗黙の了解であった。

駿太郎は久慈屋から新たに貸してもらった小舟に池端恭之助ら三人を乗せて、

十間川から南十間川に移り、さらに小名木川《おなぎがわ》から大川へと出た。そして大川を横切り、永代橋際で池端恭之助ら三人を下ろした。

「駿太郎さん、われらが手伝うことはないか」

これまで一切言葉を差しはさまなかった創玄一郎太が聞いた。

「一郎太さん、心配しないで。私も母上もこたびの一件、得心した上で父上を見送りたいのです。あと一日、二日待って下さい」

「分った。われら、望外川荘に参り、お梅と百助を手伝って留守番を致すからな」

と代五郎が答えた。


そのあと、駿太郎が訪ねたのは筋違《すじかい》御門の傍らにある丹波篠山藩の青山忠裕の上屋敷だ。老中青山下野守は老中に就任した文化元年（一八〇四）より西の丸御門下に「役宅」として老中屋敷を持っていた。が、同時に筋違御門の屋敷は残されていた。ために密偵の中田新八やおしんは、筋違御門側の屋敷にいることが多かった。

駿太郎が赤目駿太郎と名乗り、おしんの名を出すと門番が、

「そなた、赤目小籐次どのの子息か」

と尋ね返した。頷くと、しばし待てと門外にいるように命じて門番が玄関番に告げにいった。

おしんは同輩の中田新八を伴い、直ぐに姿を見せた。

「駿太郎さん」

と名を呼んだおしんは、赤子の時から承知の駿太郎をいきなり抱き寄せた。

駿太郎はただおしんの肌身に哀しみを感じながら両腕に抱かれていた。

門番たちはおしんの大胆な行為を、驚きと得心のない交《ま》ぜになった眼差しで見ていた。

赤目小籐次の水死事件は、篠山藩邸にも衝撃を与えていた。

「おしんさん、お尋ねしたきことがあって参りました」

駿太郎の言葉に頷いたおしんが両腕を緩めると、両眼が濡れていた。

中田新八とおしん、それに駿太郎は篠山藩上屋敷の御用部屋で向い合った。

「父上の死と北町奉行所年番方与力米郷主水様の頼みは関わりがございましょうか」

駿太郎の問いは直截《ちょくせつ》だった。

おしんもまた無駄な言葉は極力さけて答えた。

「正直答えが出ておりません。ですが、小舟から赤目小籐次様が内海に転落したことは偶然であった、赤目小籐次様ほどの上手の手からでも水が漏れたのではないかと考えております」

「父上は米郷様の頼みを受けたのですね」

「米郷どのをわが殿の名で西の丸下の老中屋敷に呼び、質しました。米郷どのは『赤目氏はわが頼みをしかと承知した』と答えたあと、『まさかあの夜にあのような奇禍が赤目氏を襲うとは考えもしなかった』と言い添えました。それがしの申すこと、お分りでしょうか」

中田新八が十二歳の駿太郎に質し、駿太郎は頷いた上でさらに問うた。

「米郷様が父に願われた用件とはなんでございますか」

おしんも新八もしばし沈黙したあと、

「北町奉行所の面目を汚そうとする所業を阻止することです」

「だれが何ゆえにそのような所業をなすのですか」

「その者がだれかは推測がついておるのです」

駿太郎は驚きの眼差しで二人を見た。

「これからの話は公になっておる話ではございませぬ、また今後も公にしてはならぬ話です。駿太郎さんは元服前の十二歳とは申せ、天下に並びなき武勇の士赤目小籐次様の子息です。さらにはこの一件を受けたあと、赤目様が身罷られたのです。ゆえにお話し申し上げます。そのことを承知でお聞き願えますか」

駿太郎は二人の顔を見ながら、

「承知しました」

とはっきりと述べた。

話は四半刻余に及んだ。

三

駿太郎は、筋違御門の青山邸から久慈屋に立ち寄り、浩介と観右衛門に中田新八とおしんから聞いた話をした。

まず老中青山忠裕の密偵が北町奉行所年番方与力から聞き出した話は、こんな風だった。

四年前の文政四年（一八二一）に北町奉行所の老練な与力磯部十郎左衛門が辞

任させられた。その折、一緒に配下の同心佐々木唯和《ただかず》が任を解かれ、八丁堀の組屋敷から磯部も佐々木も追放された。

八丁堀の七不思議に、

「奥様あって殿様なし」

というのがある。

町方与力は二百石取りでありながら御目見《おめみえ》格ではない。与力の出世は年番方与力止まりだった。また与力の屋敷は、長屋門ではなく冠《かぶ》木門《きもん》であった。かように町方与力・同心は、罪人を扱うというので卑《いや》しめられた存在であった。

一方、与力の女房はしっかり者が多く、玄関に出て客と応対した。二百石取りの「奥様」でありながら町奉行所与力にかぎり、外の者との応対は女房が直接なした。

なぜ町方与力に限って女房が応対したかというと、役職柄与力宅の訪問者は、頼みごとが多いからだ。玄関先で客の願いを聞き分けることは、出勤して留守の与力当人にはできない。そこでしっかり者の「奥」が務めたのだ。

当然、客は頼みごとに際して、金銭や物品を持参する。この実入りは、「不浄役人」と卑しめられた町方与力の屈辱を補ってあまりあり、役柄によっては御目見以上の他役より与力の懐のほうが豊かであった。

ゆえに八丁堀の「奥様あって殿様なし」の七不思議の一の意味は、奥にあらずして女房は奥様と呼ばれ、御目見以下の亭主は殿様とは呼ばれないということである。

ともあれ奥様の裁量次第で、与力あるいは同心宅の内所が潤った。だが、その判断を間違うと、磯部十郎左衛門やその配下の同心佐々木唯和のように代替わりを許されず馘首《かくしゅ》されることになった。

この磯部と佐々木の例は、南北両町奉行所の中でも極めて珍しかった。八丁堀では、さような目立つ行為は上役が、

「いささか習わしを越えておる」

と注意して止めさせていた。

磯部十郎左衛門に代替わりを許さず馘首を言い渡したのは、北町奉行榊原忠之の内与力の一人内村英春と年番方与力の米郷主水であったという。

二人の話を黙したまま聞いた磯部は、

「相分りました」

と返事をしたうえで、

「それがし程度の所業は不浄役人に許された役得と思うておりましたがな」

と居直るように言った。

「だまれだまれ」

と内与力の内村英春が激した口調で言い放った。

内与力は、北町奉行榊原家の家臣であり、榊原が町奉行の職務にあるときのみ、町奉行所内の役宅に住み暮らした。つまり特異な立場の町方与力・同心の微妙な考え方や習わしを把握していたとはいえなかった。

「内与力どのにお尋ね致そう。それがしのどこに代替わりを許されなかった理由がございますな。役宅で頼みごとを聞くのもわれらの職分の一つにござってな、奉行所に参るより八丁堀の役宅で聞くほうが、事が早く済む。北町奉行二十五騎の与力の主だった者の女房ならば、われら与力の代役をだれしも同じようにこなしておられよう。その折、菓子折まで突き返せと申されますか」

「そのほう、菓子折を受け取っただけか」

米郷主水が内村に眼で、

「それ以上の問答は無益にござる」

と注意しようとしたが、内村は気付かなかった。

「そのほう、呉服御用達後藤家に格別な頼みごとをしなかったか」

「ほう、後藤縫殿助が奉行に訴えたか」

米郷主水は、

「ご両者、問答はこれ以上無益じゃ」

と年番方与力の権威で叱りつけた。

米郷は、磯部十郎左衛門が代々後藤家に出入りしていることを承知していた。

そして、磯部の次男が同僚の与力の家に婿《むこ》入りすることも承知していた。

八丁堀の外から町方与力になるために与力の株が売り買いされることもままあった。その値は数百両から千両すると噂されていた。

磯部の家は、代々八丁堀の与力だ。

嫡男《ちゃくなん》が磯部を継ぐゆえ、次男を知り合いの娘のところに婿入りさせる心積もりだった。ところが八丁堀に競争相手はいくらもいた。

ゆえにそれなりの持参金が要った。その折の持参金を後藤家に願ったことは容易に推測できた。

だが、かような場でその話を持ち出すことは、決して北町奉行所にとって、なかんずく与力・同心にとっていい影響があるはずもなかった。

「年番方与力どの、組屋敷の退出はいつまでにござるか」

「明日の暮れ六つを期限とせよ」

と内村が米郷が答える前に言い放った。

うっ
と唸った磯部十郎左衛門がしばし瞑目し、
くわっ
と両眼を見開くと、

「承知仕った」

と傍らの刀を手に立ち上がった。

「それがしと同心佐々木唯和の八丁堀追放は、北町奉行所の綱紀引き締めのための見せしめにござるか」

内村がなにか言い掛けたのを米郷が手で膝を押さえて制止した。

「磯部十郎左衛門、もはや無用な問答じゃ」

と答えた米郷に、

「年番方与力どの、八丁堀を追われた与力にどのような行末が待っておるか、お分りかな」

　と磯部は質した。

「推量はつき申す。苦労は並大抵ではござるまい。じゃが、そなたの家は代々の北町奉行所与力職、その家名を汚すことのないように暮らされよ」

「それがしにも意地がござってな」

　落ち着いた声音で言い放った磯部は御用部屋を静かに退去した。

　その場に残った米郷と内村はしばし無言を保った。

「磯部め、われらを脅すようなことを抜かしおって」

　五十路《いそじ》を前にした内村が洩らした。

「内村どの、磯部と佐々木が八丁堀の剣道場でなんと呼ばれているかご存じか」

　内村は、なんのことだという表情で米郷を見た。

「磯部は、『鬼の十郎左衛門』、佐々木は、『蛇《くちなわ》の唯和』と呼ばれて、二人は北町で一、二を争う剣の遣い手でござってな」

　と米郷は言った。

「あの者がわれらに危害を加えると申すか」

「それほど馬鹿ではござるまい。ただ」

「ただ、なんだな」

米郷はこたびの磯部十郎左衛門と佐々木唯和の馘首について、反対の考えであった。だが、内与力の内村らの、

「北町奉行所の腐敗追放のために身中の虫を切らずしてどうする」

という考えに押された。

北町奉行の榊原忠之の前職は勘定奉行勝手方であった。金銭の出入りに関しては殊《こと》の外《ほか》厳しかった。その家臣である内村も町奉行所の与力・同心の金銭に対する考え方を、

「悪《あ》しき習わし」

と感じ、機会があれば正したいと狙っていたのだ。

新八が、

「米郷どの、後藤家の家族と奉公人の皆殺し事件、ただ今は北町では秘匿《ひとく》しておられますが、早晩世間に知れましょうな」

と質すと、米郷が苦渋の表情で頷いた。

「いま一つお尋ねします」

とおしんが許しを乞い、さらに質した。

「北町は、いや、米郷様はなぜ後藤家の皆殺し騒ぎが磯部十郎左衛門と佐々木唯和の仕業《しわざ》と判断なされましたか」

「かつて『鬼の十郎左衛門』と称された磯部の得意技が抜き打ちにて喉首を断つこと、また『蛇の唯和』の佐々木は左利きで、相手の右脇腹からの胴打ちが必殺技でござった」

「後藤家の家族と奉公人はこの技で斬られておりますので」

おしんは斬り口で二人の仕業と決定づけたのかと、いささか訝しく思った。

「もう一つ、朝方、後藤家の惨状が通いの番頭によって発見されたとき、すぐにわれらが駆け付けました」

後藤家は呉服橋の東、北町奉行所は西側だ。発見と同時に北町奉行所の与力・同心が駆け付けたのは想像に難《かた》くない。

「その折、賊が来たとき臆病窓のあるくぐり戸を開けた手代が、虫の息でござったが生きておった。その者が、御用提灯《ごようぢょうちん》を手にした出役《しゅつやく》姿の同心と陣笠、羽織袴の与力の訪いについ開けてしまったと証言したのち、息絶えました」

と米郷主水は哀しみと絶望感で顔を歪ませて言った。

米郷主水からこの話を聞き出したのは老中青山忠裕の密偵、中田新八とおしんだ。米郷が呼ばれたのは西の丸下の老中の屋敷だ。老中の権威のもとでの、問いだ。その上、二人は米郷が行方知れずになった赤目小籐次と、あの夕刻会ったことを承知で、北町奉行所年番方与力が小籐次に頭を下げたとしたらどのようなことか、すべて下調べをしたうえで老中の屋敷に呼び出したのだ。

米郷は新八とおしんに赤目小籐次に会った理由と経緯のあらかたを告げた。米郷が小籐次に頼んだのは磯部と佐々木を成敗することだった。そして、

「ご両者、それがしの話を聞いて、なにか動かれるお積もりですか」

と質した。

「われら、北町奉行榊原様の力を信じております。ゆえに奉行所内に手を突っ込むことは致しませぬ。ただ、赤目小籐次様の生死には関心がござる。貴殿がこたびの騒ぎに赤目様のお力を借りようとしたように、われらと赤目小籐次様とは長年の知己、助けたり助けられたりした間柄でござってな」

と新八が憮然とした顔で言った。

こんな話を十二歳の駿太郎は中田新八とおしんから聞かされた。だが、半分も理解できたかどうか、ともかく浩介と観右衛門に思い出すかぎり告げた。

二人は駿太郎の話を聞いて長いこと沈黙し、考え込んでいた。

「さようでしたか、呉服御用達後藤様方への押込みを北町では、四年前に八丁堀を追われた与力磯部十郎左衛門様と同心佐々木唯和様の仕業と考えておられますか」

「中田様とおしんさんの話をそう理解しました。間違っておりましょうか」

「いえ、間違ってはおりますすまい」

と観右衛門が言い切った。

浩介が観右衛門の確信に満ちた物言いにちょっと驚いたという表情で見た。

「若旦那様はご存じございますすまい。いえ、大旦那様にも申し上げていないことがございます」

と観右衛門が言い出した。

「米郷様が四年前のあの日、与力磯部十郎左衛門様に引導を渡された夜のことです。磯部様に私、木挽町のある料理茶屋に呼び出されましてな。用件は、次男の婿入りでいささか持参金に苦慮しておる、三百両ほど借用できぬかとの申し出にございました」

浩介が観右衛門を見た。

「若旦那様、うちの付き合いは南町奉行所とも北町奉行所ともございます。磯部様の処分のことは直ぐに北町のさるお方から耳に入りました。いえ、米郷様ではございませんぞ」

と観右衛門が米郷の名を出してわざわざ断わった。

「私の一存で磯部様の申し出を断わらせて頂きました。その折の磯部様の言葉は、いまも忘れませぬ。『後藤家も久慈屋も同類か。われら、清濁を合わせ呑む間柄と思うていたがのう。すでに北町から知らせが入っておるか』と申されて席を立たれました。あの夕べから四年の歳月が過ぎましたか」

と観右衛門が言い、

「もしや磯部様方は、後藤家と同じく久慈屋に押込む算段ではございますまいな」

と自問するように言い添えた。

「まさかさようなことが起こりましょうか」

と浩介が首を傾げた。

「赤目様が初対面の米郷様の願いを聞き入れられたとしたら、うちと関わりがあるせいではございませんか。私が一存で断わったことを逆恨みしたとも考えられる」

しばし沈思した浩介が言った。

「ならば、赤目様ご不在の折です。大番頭さん、用心に用心を重ねて過ごしましょうか」

「父上は、米郷様の頼みを引き受けられた。にも拘《かか》わらずなぜ、急ぎ須崎村にあの風雨の中、帰ろうとなされたのでございましょう」

一方、駿太郎は二人の問答をよそに幾たびも考えたことを呟いた。

「そればかりは謎でございますな」

「駿太郎さん、大番頭さん、こうは考えられませぬか。磯部十郎左衛門と佐々木唯和の所業を考えたとき、そして、この四年の歳月を顧《かえり》みたとき、二人との戦いは、生死をかけたものになる。ならばできるだけおりょう様と駿太郎さんのそばで時を過ごしたいと思われたのではございませぬか」

心根の優しい浩介らしい考えだと、駿太郎は思った。

だが、二人が知らぬことを駿太郎は一つ承知していた。

赤目小籐次にとって次直は、一心同体であるはずだ。それを身に付けずして転覆した小舟から内海に落ち、消息を断った。だが、次直は駿太郎が南町定廻り同心近藤精兵衛から許しを受けて新兵衛長屋に持ち帰り、手入れをした。

その次直が消えていた。

だれが次直を持ち去ったのか。

その日から駿太郎は、おりょうの傍らにいるべき身でありながら、クロスケが待つ新兵衛長屋で過ごすことに決めた。

なにかが起こるとしたら押上村の常照寺ではない。この江戸で、それも芝界隈で起こりそうな気がしたからだ。

駿太郎がひっそりと新兵衛長屋に戻ったとき、待っている人があった。

読売屋の空蔵だった。

「空蔵さん、どうしたんです」

しばし駿太郎の問いに答えなかった空蔵が、

「おれは、酔いどれ小籐次の行状でたくさんの読売を書いてきた。だがよ、こんなときに、おれはなにもしてねえ。酔いどれ小籐次の最期をさ、おれの手で見送ってやりたいと思ってもさ。なにもできねえ」

　これまで見たこともない哀し気な表情で駿太郎に言った。その言葉に隣りの勝五郎が聞き耳を立てているのも駿太郎には分った。

　咄嗟《とっさ》に駿太郎はその考えを口にした。

「空蔵さん、私ども家族だけで父上の弔いを終えました。もはや酔いどれ小籐次について江戸の人びとに知らせることがあるとすれば、私どもが区切りをつけたということです」

「なに、家族だけで弔いをか」

　空蔵が言った途端、主なき部屋に勝五郎が飛び込んできた。

「おれたちに知らせないで、弔いをやったのか」

「はい」

　駿太郎の返事ははっきりとしていた。

「酔いどれの旦那がこの長屋に越してきて以来、おれたちはよ、家族同然と思って過ごしてきたがよ。違うのか、駿太郎さん」

　勝五郎が十二歳の駿太郎を責めた。

「私の一家と新兵衛長屋の皆さんは一つの家族です」

「勝五郎さん、父上の亡骸は未だ見つかっておりません。母上の気持ちは父上が身罷った、いや、そうじゃない、と揺れ動いております。どこぞの読売が夜の海で小舟が転覆して赤目小籐次が亡くなったと書いたとき、私どもは望外川荘からとある場所に引き移りました。大勢の皆さんが見え、母上が応対するのは無理と思ったからです。勝五郎さん、母上の気持ちが落ち着いた折、お世話になった方々を招いて改めて弔いは致します」

「ならばなぜだ」

「やったのは仮の弔いということか」

勝五郎の念押しに駿太郎が頷いた。そんな二人の話を黙って聞いていた空蔵が言った。

「おりょう様と駿太郎さんだけの弔い話、このおれが読売に書いていいかね。酔いどれ小籐次の話だというのに、瓦版屋の角五郎め、北町のさる筋から話を聞いたといってあれこれと書きやがる。むしゃくしゃしてしょうがないんだよ。駿太郎さん、誤解しないでくんな。読売が書けないからじゃない。赤目小籐次が身罷ったというのに、なにもできねえおれが腹立たしいんだ」

空蔵の気持ちが駿太郎にも分った。

「母上には許しを得ていません。でも、空蔵さんにしかこの話は書けません」

「ああ、おれにしか書けないな」

と言った空蔵が沈思し、

「よし、この場を借りていいか、ここで一世一代の酔いどれ小籐次を送る弔文を書いて、勝五郎さんに今晩じゅうに彫らせよう。これが酔いどれ小籐次を書く最後の読売だ」

と言って腰から矢立《やたて》をとり、懐からいつも持参の半紙の束を取り出した。

四

翌朝、駿太郎はクロスケを従えて、久慈屋の店先に研ぎ場を設けて仕事を始めた。それは赤目小籐次の研ぎ仕事を子の駿太郎が引き継いだように、芝口橋を往来する人びとには感じられた。

だが、だれ一人として声をかける者はいなかった。

最初こそクロスケも芝口橋の往来の頻繁さに目を向けていたが、段々慣れたのか、じいっと駿太郎の傍らに寝そべっていた。

駿太郎が仕事を始めて一刻あまり、時折小籐次に出刃包丁の研ぎを願っていた金六町《きんろくちょう》の裏長屋に住む老婆が花を持って駿太郎の前に立ち、黙って合掌《がっしょう》すると花を研ぎ場の前においた。

駿太郎は研ぎの手を止めて名も知らぬ老婆に一礼した。

それがきっかけになったか、芝界隈の住人たちが一輪また一輪と赤目小籐次を悼《いた》む花を捧げ始めた。そのうち、駿太郎の研ぎ場の前は、季節の花で埋まっていった。中にはどこから摘んできたか、げんげの花で丸い輪を作って持ってきた娘もいた。

ついにはお線香まで手向《たむ》けていく人も現れた。

「若旦那、これではまるで赤目様の弔いのようではありませんか。止めてもらうようにしましょうか」

「大番頭さん、よいではありませんか。赤目小籐次様らしい野辺《のべ》の送りですよ。おりょう様がいないのが残念ですがね」

浩介が平然と応じた。

そんな会話が帳場格子の中であったことを知ってか知らずか、駿太郎は、父から無言で教えられた丁寧な研ぎを黙々と続けていた。

お昼前のことだ。

手に数珠《じゅず》をかけた読売屋の空蔵が芝口橋に立ち、しばし花に埋め尽くされた研ぎ場の駿太郎を見た。手にはたくさんの読売を持っていた。

それを見た国三が店の踏み台を空蔵のもとへ運んでいった。国三は空蔵がなにをなそうとするのか、数珠を見たとき、察していた。

赤目小籐次が身罷った話を空蔵が書いたのだ。そして、最後の酔いどれ話を綴《つづ》った読売を売ろうというのだ。

「ありがとうよ、国三さん」

「駿太郎さんの研ぎ場の前を見ましたね」

「おお、だれもが酔いどれ小籐次の死を哀しんでいるんだ。駿太郎さんは、親父の仕事を倣って研ぎ仕事をすることで喪に服している。そいつをさ、この界隈の住人は察したんだよ」

「はい」

二人がやりとりをする間にも芝口橋を往来する人までが、駿太郎の研ぎ場に立ち寄り、合掌していった。

「久慈屋は仕事にならねえな。まるで寺だもの」

「空蔵さん、若旦那様や大番頭さんは駿太郎さんを見習い、店をいつものように開けて商いをすることで、赤目小籐次様を偲ぶと申されております」

「おお、駿太郎さんや久慈屋さん、この界隈のお店といっしょだ。おれも読売を売ることで酔いどれ小籐次を追悼しようか」

と国三に言った空蔵がちらりと久慈屋の船着場に視線をやった。

いつもなら小籐次の小舟が止まっている場所には、久慈屋が駿太郎のために用意した別の小舟が止まっていた。

(すべてが小籐次の死で変わろうとしてやがる)

そんな思いを振り払った空蔵が気持ちを切り替え、踏み台に乗った。

幅四間二尺、長さ十間の芝口橋はいつものように大勢の人びとや駕籠、大八車が往来していた。

一呼吸おいた空蔵が数珠を手にした腕に読売の束を抱え、もう一方の手に持った竹棒で芝口橋を芝口一丁目から芝口金六町へとぐるりと廻し、最後には久慈屋の店先で研ぎに没頭する駿太郎を差した。そして、視線を橋上の人びとに戻すと、低い声で話を始めた。

「芝口橋を往来の衆に申し上げまする。久慈屋の店先を見てのとおり、本日は天下無双の剣術家にして研ぎ師の赤目小籐次様のお姿はございません。

その代わり、血は繋がってございませんがな、赤目小籐次様とおりょう様の一子、駿太郎さんが父に代わって研ぎ仕事をしておられる。お察しとは存じますが、本日の研ぎはただの研ぎではございません。父親の赤目小籐次様の喪に服するためにああして、研ぎをなしているんだよ。お分りかな、旅の人」

空蔵がどうみても在所から何日も旅してきた形《なり》の三人連れの旅人に尋ねた。その中の一人の年寄りが、

「江戸では、弔いには研ぎをするだか」

と呟いた。

「ほうほう、わっしの話が伝わらなかったようだな。よし、説明しようか。爺様、おまえさんは赤目小籐次というお方をご存じか」

「赤目小籐次な、知り合いにいただか、倅」

と年寄りが連れの一人に質した。

「父つぁん、赤目小籐次様といえば、酔いどれ小籐次の異名をもつ剣術《やっとう》の達人じゃねえか」

おおっ

と年寄りが頷き、

「さすがに倅どのは爺様より賢いや。そのとおり酔いどれ小籐次様のことだ」

と空蔵が受けた。

「なんだ、それなれば最初《はな》から酔いどれ小籐次というがいいや。殿様が城中で受けた恥を雪《すす》がんとよ、一人で大名四家の御鑓先を切り取ったお方だべ」

「それだ、『御鑓拝借』、『小金井橋十三人斬り』を始め、幾多の勲しの持ち主が酔いどれ小籐次こと赤目小籐次様だ」

「おい、読売屋」

「なんだ、爺様」

「その赤目小籐次様がどうかしただか」

「最前から縷々《るる》説明しているのが分らないようだな、旅の人では分らねえか」

と独りごちた空蔵が、

「本日をさること何日前のことか。この読売屋の空蔵もよ、何年も時が過ぎたようでもあり、一瞬前のことでもあるようでよ、詳しい日にちまで思い出せないや。風雨の強い夜のことだ。赤目小籐次様は、ほれ、あそこの紙問屋久慈屋さんの船着場から小舟を出してよ、大川の上流の須崎村の住まいに戻ろうとしたんだ」

ふむふむ
と年寄りが相槌を打った。

「江戸の内海を抜け、大川河口に差し掛かったときのことだ、小舟が波を食らって転覆した。次の日、洲を埋め立てて造った石川島という島の葦原の中に小舟がひっくり返って見つかったんだ。だがよ、当の赤目小籐次様の姿はねえ」

「おい、読売屋」

「なんだ、爺様」

「風と雨の夜に小舟を出しただかね、そりゃ、危ないだ。河口の波はばかにしてはならねえ、うちの在所の川もよ、海に注ぐがよ、その界隈の波は漁師も読めねえくらい難しいだよ。素人《しろうと》が夜に小舟で漕ぎ出したのが、間違いだべ」

「おおさ、年寄りのいうことは聞くもんだな。だがな、赤目小籐次様は素人じゃねえ。来島水軍流の末裔だ、舟を漕ぐことも江戸の内海もとくと承知していたんだよ。それが仇《あだ》になったのかね」

「そういうことか」

旅の年寄りが空蔵の説明で事情を察したか頷いた。

今日にかぎって江戸の住人はだれもなにも口を開かない。皆すでに赤目小籐次の「水死」を承知していたからだ。

「江戸の衆、おめえさん方がこの空蔵のいうことを百も承知ということはとくと知っていますよ。本日はな、赤目小籐次様の弔いだと思ってさ、聞いてくんな。本日の読売は、女房にして歌人のおりょう様、そして、久慈屋の店先で親父様に代わって研ぎをなしておられる一子駿太郎さんが、密やかに赤目小籐次様を偲んで内々に弔いを行なったことを記しただけの読売だ」

芝口橋に足を止めた人の多くから吐息が洩れ、

「やっぱりダメだったか」

という声を空蔵が聞きながら、

「天下無敵の剣術家赤目小籐次を偲んで認めた読売だ、銭はとらねえ。うちに戻ってよ、仏壇にお線香の一本も手向けてくんな」

とまず最前から話を交した爺様に、

「在所の土産だ。赤目小籐次を書いた最後の読売だ、受け取ってくんな」

と一枚渡した。それをきっかけに橋にいた人びとが、

「空蔵さんよ、なんだか辛《つら》い話だな」

とか、

「江戸が寂しくなるぜ」

とか、

「わたしゃ、倅さんに悔やみを言っていくよ」

とか言いながら無料の読売を一枚ずつ行儀よく受け取っていった。

読売の冒頭には勝五郎が彫った太い字で、

「異才赤目小籐次墜《お》つ」

とあった。

最後まで待っていた供連れの武家が、

「読売屋、幕府が始まって二百余年、この文政の世に侍魂を有していた武士《もののふ》赤目小籐次の死は、大きな損失じゃ。われら武家方に夢を抱かせてくれた酔いどれ小籐次、惜しい人物を失くしたものよ」

と哀しみの顔で読売を受け取り、静かに立ち去っていった。

橋の上の人びとが少なくなったと後ろを振り返ると、駿太郎の研ぎ場の前に長い行列が出来ていた。

押上村の常照寺の離れに仮住まいするおりょうのところにお梅が訪ねてきて、

まず駿太郎の行方を質した。

「昨日、川向こうに出たまま昨夜は戻っていません」

おりょうが答えた。

「あのう、おりょう様、駿太郎さんはクロスケを伴って行かれたんですよ」

「なに、クロスケを伴いましたか」

おりょうは駿太郎の考えに理解がつかなかった。だが、必ずや曰くがあっての行動だと考えた。

「おりょう様、かような読売が江戸に出回ったことをご存じですか」

とお梅が、望外川荘を訪ねてきた門弟の一人が残していったという読売をおりょうに出して見せた。

「読売ですと」

「空蔵さんが書いた読売だそうです」

おりょうは黙って受け取り、最初の大文字を見た。

「なんとまあ、わが背は死んだあとまでも江戸を賑わしておられますか」

と感想を述べたおりょうが、空蔵が書き、勝五郎が彫った読売の全文を読み通した。

「おりょう様、うちでは弔いなどしていませんよね」

「しておりませぬ」

「では、なぜ空蔵さんは読売にかようなことを書いたのでしょうか。この読売を持ってこられたお方は、駿太郎さんが久慈屋の店先で研ぎ場を設けて仕事をしておられると言われました」

「駿太郎が仕事をですと」

「おりょう様、研ぎ場の前には赤目小籐次様を悼む花や線香が上げられて、久慈屋はまるで寺のようだと言っておりました」

この読売の内容を駿太郎は前もって承知していたのだ、とおりょうは判断した。なぜ弔いをしていないのに、駿太郎は空蔵にかような読売を出すことを許したのか。

十二歳とはいえ、赤目小籐次に育てられてきた駿太郎は、世間の理も情も義理も並みの大人より承知していた。

なにか曰くがあってかような読売を駿太郎は許したのだろうか。

沈思していたおりょうが笑みの表情で言った。

「駿太郎が喪主、空蔵さんがお坊さん、芝口橋を往来の方々を会葬者に赤目小籐次のお弔いをなしたようですね。それにしても久慈屋さんの商いを邪魔することになりましたね」

おりょうの感想はこれだけであったが、機嫌は決して悪くないとお梅は思った。

「読売に書かれたお弔いって芝口橋のことですか」

「さあて、それは喪主どのに確かめねばなりますまい」

「そうですよ、それにいつかはちゃんとしたお弔いをやらないと。だって弘福寺の和尚と智永さんが手ぐすね引いて待っているんですよ」

「お梅、望外川荘にもはや訪れる人はそうはいますまい。芝口橋で弔いが行なわれたのですからね。そろそろ押上村を引き上げましょうか」

「ああ、よかった。クロスケもいないし、百助さんと二人だけの望外川荘は寂しいですよ」

その夕暮れ前、智永らに手伝わせておりょうは押上村の常照寺から望外川荘に引き上げてきた。

おりょうがそのことを栄丸和尚に告げに行くと、

「おりょう様、それはよいがいったん頂戴した家賃は返却できぬがのう」

とケチ和尚の異名どおりの反応を見せた。

「和尚様、それは結構です」

「なに、よいのか。さすがは天下の赤目小籐次様の女房どのじゃ。もっとも今では後家さんか、その齢で勿体ない話じゃな」

と和尚がどこか魂胆《こんたん》のありそうな顔をした。

おりょうは久しぶりの望外川荘に、

「ここよりよいところはない」

と改めて思った。

（おまえ様、これからどうなるのでございましょうか）

と胸に問うたがどこからも言葉は返ってこなかった。

駿太郎は、国三が望外川荘を訪ねるというので、

「国三さん、今日もまたお願いがございます。このげんげの花輪をお梅ちゃんに渡してくれませんか。お梅ちゃんが母に届けてくれましょう」

と願った。

「おりょう様はきっと空蔵さんの書いた読売を読んでいますよ」

「はい。母上には無断で父上の弔いを久慈屋さんと芝口橋でなしたと伝えて下さ

い」


国三が黙って頷いた。

駿太郎は国三を見送ると暮れ六つ前に研ぎ場を片付けた。

研ぎ場前は今や線香や仏花で埋まっていた。

「お線香と蠟燭は丁寧に消しなされよ。花はしばらくそのままにしておきましょうか」

と観右衛門が小僧らに命じた。

駿太郎は久慈屋の台所広敷で奉公人らといっしょに膳を一つもらい、夕餉を馳走になった。

膳は最初奥に用意されていたが、駿太郎が望んで変えてもらった。

奉公人の間に座った駿太郎に、小僧の梅吉が、

「駿太郎さん、なんだか、仏さんになった気分じゃないですか」

と聞いた。

「父上を慕ってくれる人びとがあんなに大勢おられたのですね、びっくりしました」

駿太郎が答えた。

「駿太郎さん、今日だけでは終わりませんよ。明日は江戸じゅうの人びとが訪れる気がします」

と番頭の東次郎が駿太郎に言った。

「それでは久慈屋さんに迷惑ですね。明日は新兵衛長屋で研ぎを致します」

「駿太郎さんが居られようと居られまいと本日の読売を読んだ方々が参られます。騒ぎが鎮まるには日にちを要します」

東次郎の言葉に駿太郎は曖昧に頷いた。


その夜、クロスケを連れて新兵衛長屋に戻った駿太郎は、上がり框に文が置かれているのを見た。

差出人の名はない。

「今晩九つ半（午前一時）　芝口橋」

と誘いの文は下手な字で認められていた。駿太郎にはだれがなんのために認めたのか、見当がつかなかった。

第五章　死損ない

一

駿太郎はクロスケに願った。

「クロスケ、九つまで眠る。一刻半は眠れるはずだ。駿太郎が眠り込んでいるときは、九つの時鐘を聞いたら起こしてくれ。頼むぞ」

駿太郎は衣服を着たまま、寝床にごろりと横になった。手には孫六兼元を握ったままだ。

駿太郎はあれこれと考え、なかなか寝付かれなかった。だが、傍らにクロスケがいると思うと、安心して、すとん、と眠りに落ちた。

クロスケは、板の間に上がることを許されて駿太郎が眠る様子を見ていたが、自らはらんらんと目を輝かせたまま起きていた。

四つの時鐘が増上寺切通の鐘撞堂から響いてきた。

クロスケは体をもぞもぞさせて体勢を替えた。

新兵衛長屋が寝静まった。

駿太郎の寝息は規則正しく続いていた。

ついに九つの時鐘が鳴り響いた。

クロスケが小さな声で、ワンと吠えた。

駿太郎の寝息が止まり、しばらくじいっとしていたが、

「クロスケ、時鐘が鳴ったが九つか」

と尋ねて、体を起こした。

体は未だ眠っていた。だが、気持ちは起きることを強いていた。

駿太郎は、静かに床から出ると水甕《みずがめ》の水を柄杓で飲み、桶に水を汲んで顔を洗って眠気を飛ばした。

なにが起こるのか駿太郎には理解がつかなかった。だが、今晩必ずなにかが起こるのだ、と確信していた。

孫六兼元を腰に差すと草履《ぞうり》を履《は》いた。

クロスケも上がり框から狭い土間に下りた。

駿太郎は黙ってクロスケの頭を撫でた。

最後に有明行灯を吹き消した駿太郎は、静かに腰高障子を開き、クロスケを連れて木戸口に向った。

芝口橋に向うには新兵衛長屋の裏庭から小舟で行くか、芝口橋の南詰めまで御堀沿いに歩いていくかの二つの方法があった。

駿太郎は、三番目の道を選んだ。

御堀沿いに築地川に向って下ると汐留橋にぶつかった。この橋を渡り、三十間堀沿いに東側の河岸道を木挽橋まで歩き、西側の道へと橋を渡ると、三十間堀六丁目から七丁目、八丁目と南の方向に出て、三十間堀と芝口橋のある御堀がぶつかるところに来る。遠回りの道だった。

駿太郎は、ひたひたと芝口橋のほうへと進み、久慈屋と芝口橋が見える河岸端の柳の木の根元にしゃがんだ。そこはどの常夜灯の灯りも届かない暗がりだった。

クロスケも駿太郎の傍らに座った。人と犬は一つの影になり、その、

「時」

を待つことにした。

文に書かれていた九つ半まで四半刻以上あるだろう。

駿太郎とクロスケは、ひたすらじいっと動かなかった。

築地川の方角から静かな櫓の音が聞こえてきた。なにかが起こる前兆と思えた。

駿太郎は、暗がりに慣れた眼を向けた。

櫓の音だけで舟の姿も漕ぎ手も未だ見えなかった。が、駿太郎はその櫓さばきの音に確信していた。

クロスケがもそりと駿太郎の傍らで動いた。

駿太郎が視線を芝口橋へと向けた。

なんと陣笠に羽織袴の捕物出役姿の与力が、鉢巻き、脛《すね》あて、小手を付けた同心二人と御用提灯を手にした小者数人を従えて、久慈屋に向って悠然と歩いてくるのが、御用提灯と常夜灯の灯りに浮かんだ。

駿太郎がゆっくりと立ち上がると、クロスケも倣った。

同心の一人が久慈屋のくぐり戸をこつこつと叩き、

「北町奉行所である、戸を開けよ」

と命じた。

駿太郎はこの者たちの正体を承知していた。

久慈屋のくぐり戸の臆病窓が開く様子があり、同心が臆病窓の向こうに向って御用提灯を見せた。

「久慈屋の方々に申し上げます。くぐり戸を開けてはなりませぬ」

凜とした駿太郎の声が久慈屋の内外に響き渡った。

「御用の邪魔をなすは何者か」

同心が駿太郎に向って誰何《すいか》した。

「赤目小籐次が一子赤目駿太郎です」

「なにっ」

と同心が驚きの声を上げた。

「元北町奉行所同心佐々木唯和様にございますな」

十二歳の駿太郎が質した。

「浪人風情の倅が出てくる話ではないわ」

「佐々木様は、すでに四年前北町奉行所を辞めておられます。にも拘らず町奉行所同心に扮してかような所業、なにゆえですか」

「小倅め、叩き斬ってくれん」

「ほう、八丁堀の道場で『蛇の唯和』と恐れられた胴切り、拝見致しましょうか」

「小僧、言うたな」

佐々木唯和が手にしていた十手を帯に戻し、刀の柄に手をかけた。

そのとき、久慈屋の船着場から小さな影が河岸道に現れ、

「駿太郎、そやつらの始末、父の務めよ」

と話しかけた。

クロスケが急に体を大きく揺らし、尻尾を振った。そして、

うおううおう

と喜びの声を洩らした。その様子はクロスケが、主の生存を承知していたことを示していた。

「父上は、おのれが水死したことを皆が信じるように次直を小舟にくりつけて残された。そして、私が潮水に浸かった次直を必ず手入れするだろうと考えておられた。そんなわけで次直をお持ちになったのは父上ですね」

「駿太郎、やはりそなたは次直を手早く手入れしてくれたな。礼をいうぞ」

「父上、お任せ致します」

駿太郎が後ろに下がった。

そのとき、この場の戦いを見詰めている無数の眼があることを駿太郎は感じとっていた。

「磯部十郎左衛門、この四年、なにをなしていたな。呉服町の所業を考えてもそなたら、ろくな生き方をしてきたとは思えぬ。酔いどれ爺が彼岸に送ってやろうか」

「抜かせ」

とそれまで無言だった磯部が陣笠の紐を解き、羽織を脱ぎ捨てると刀の柄に手をかけた。

「佐々木唯和、まずはいささか有頂天に舞い上がっておる赤目小籐次を始末致す」

と吐いた磯部が、

「次郎平《じろべい》、そのほうは赤目の小倅を始末せえ」

ともう一人の同心姿の者に命じた。磯部の次男であろうか。

「駿太郎、殺さずともよい。抗わぬ程度にせえ」

小籐次の言葉に次郎平が憤激した。

「おのれ、赤目め、それがしの修羅場剣法を舐めおるか」

刀を真っ先に抜き放ち、切っ先を駿太郎に向けた。

確かに修羅場を潜《くぐ》ってきた血に塗れた剣術だった。

クロスケが唸った。

「クロスケ、静かにしていなさい」

駿太郎がクロスケを黙らせると、

「拙《つたな》いながら父直伝《じきでん》の来島水軍流にてお相手致します」

刀の鯉口を切って抜き、孫六兼元を脇構えにとった。

間合は一間半。

互いが踏み込めば死地に到る。

その戦いを磯部十郎左衛門と佐々木唯和の二人を牽制しながら、小籐次がちらりと見た。

次郎平は中段の剣を八双《はっそう》に上げていった。

駿太郎は五尺五寸余、次郎平はそれより三寸は高く、胸板も厚かった。

駿太郎は、次郎平が腰高で体に比して足が鍛えられていないことを見てとっていた。

十二歳とはいえ駿太郎は、物心つく前から木刀や竹刀を握り、小籐次から教えを受けて来島水軍流の基をきびしく鍛錬してきたのだ。剣術の基は、剣を持つ手よりその動きを支える足腰にあることを承知していた。

次郎平が八双の構えをとったとき、駿太郎が孫六兼元を峰に返した。

「お出でなされ」

「おのれ、こわっぱが」

次郎平は踏み込むと同時に八双の剣を振り下ろした。だが、平静を欠いた分と足腰の弱さのせいで上体と下半身の動きの均衡を失った攻めとなった。

一方駿太郎は、谷川の水が流れ落ちる勢いで次郎平の刃の下に踏み込み、
ばしり
と胴に峰打ちをしなやかにも迷いなく叩きつけた。

くたくた
と次郎平の五体が揺れて、下半身から崩れ落ちていった。

「見事じゃ、駿太郎」

と小籐次が褒め、

「お待たせ申したな」

と磯部と佐々木に戦いを告げた。

「許せぬ、赤目小籐次」

「磯部様、それがしが先陣を」

と磯部と佐々木が言い合った。

佐々木は抜いた二尺七寸余の長剣を左脇構えに置いた。腰を沈めて右足を前に半歩踏み出した構えだ。

一方、磯部の剣は未だ鞘の中だ。

二人を見た小籐次が次直をゆっくりと抜いて正眼《せいがん》に構えた。

「この四年の生きざまが見えるわ。空蔵の読売におびき出されおって」

小籐次が話しかけたのは磯部十郎左衛門だ。だが、磯部はなにも答えない。老練な小籐次の手に乗りたくなかったのか。

「磯部様とそれがし、代々の奉公を見せしめのためにすべて失った。その悔しさは赤目小籐次には分るまいな」

と佐々木が応じた。

「わしも宮仕えしたことがござってな、貧乏大名の下屋敷厩番じゃ、給金は三両の約定じゃが半分と払われたことはない。ゆえに三十俵二人扶持《ぶち》すらなんとも夢のような俸禄じゃ。その上、そなたらには、あれこれと手土産、包金が届こう。

それは町方役人の役得ゆえ、どうそなたらが使おうと公儀も世間も知ったことではないと、黙認されたであろう。

じゃがな、嫡男に家を継がせる上、次男を婿入りさせるための入費を出入りのお店に強いてはなるまい。そなたら、分を踏み外したのだ。自業自得としかいいようもない」

小籐次の話を聞いていた磯部が、

「佐々木、こやつの手に乗せられてはならぬ」

と注意した。

「畏まって候」

と受けた佐々木は八双に構えを改め、気持ちを切り替えようとした。

ふわり

と小籐次の小柄な体が夜風に同化するように動いて、正眼の次直が反対に左脇構えに流されて踏み込んだ。

先手を取られた佐々木がそれでもほぼ同時に八双から豪快に斬り下ろした。

駿太郎は、芝口橋北詰めの戦いを対岸から見詰める眼を意識しながら、父の動きを見ていた。

この十日余り、どこでどうしていたのか。いつも以上に父の動きは軽快であった。

斬り下ろしと胴打ちが交差し、佐々木唯和の右胴に小籐次の刃《やいば》が食い込むと、夜風に舞う紙きれのように虚空へ飛ばした。

うっ

と虚空から絶命の呻きが聞こえ、

どさり

と音を立てて河岸道に落ちた。

この光景を見た磯部の小者たちが早々に見切りをつけたか、芝口橋の南へと逃げ出した。

「お、おのれ、研ぎ屋風情が」

磯部が間合を詰めると、足を止めた。

小籐次は元同心の佐々木唯和から磯部に視線を戻し、

「来島水軍流流れ胴斬り」

と呟きながら虚空にあった刃を正眼に戻した。

「そなただけ生き残るわけにもいくまい」

磯部の形相《ぎようそう》が変わった。

かつて八丁堀の道場で「鬼の十郎左衛門」と恐れられた抜き打ちに己の生死をかけた。

小籐次との間合は一間とあるまい。

こんどは根が生えたように小籐次は動かない。

磯部十郎左衛門は、先手を取るしかない。だが、どっしりと構えた相手に対し、先手を取るのは至難の業だ。

永久と思える時が流れたように傍らで見守る駿太郎には感じられた。

クロスケが緊迫した戦いに堪《こら》えきれず、

くん

と鳴いた。

その瞬間、「鬼の十郎左衛門」が決死の踏み込みと同時に抜き打ちを放ち、光になった切っ先が不動の小籐次の喉元を狙って翻《ひるがえ》った。

同時に小籐次の正眼の剣が閃いた。

磯部の抜き打ちの刃を正眼の次直が弾くと、一瞬二尺一寸三分の次直が翻って踏み込んできた相手の喉元を鋭くも、

ぱあっ
と斬り裂いた。

磯部十郎左衛門の果敢な踏み込みが止まり、前のめりになって立ち竦《すく》んだ。

血しぶきが喉元から噴き出したのが常夜灯の灯りに浮かんだ。

磯部の得意技と同じ技で小籐次が仕留めた。

巨体が崩れ落ちるように小籐次の足元に斃《たお》れてきた。

しばし静寂が芝口橋の河岸道を支配した。

ふうっ
と小籐次が息を一つ吐き、

「駿太郎、礼をいう。次直を手入れしてくれて助かった」

との言葉が終わるか終わらぬかのうちに、北町奉行所年番方与力米郷主水がどこからともなく姿を見せて、

「赤目氏、いかい造作をかけ申した」

と礼の言葉を告げ、闇に向って手を振った。すると芝口橋下に止まっていた二艘の苫船《とまぶね》から同心や小者が姿を見せて、磯部と佐々木、それに次郎平の三人を苫船へと運んでいった。

その場に小籐次と駿太郎、米郷主水が残った。

「赤目父子、恐るべしでござる。老中青山様が頼りになさるのは至極当然とこの米郷主水、思い知らされた」

小籐次はなにも答えなかった。

「父上、母上が案じておられます」

駿太郎が小籐次に話しかけた。

「弔いまでされてはのう。死損ないの赤目小籐次、これからどうやって生きていけばよい」

「赤目氏、生前に弔いをしてもらったお方は長生きされるそうな」

じろりと小籐次が米郷主水を睨んだ。さすがの北町のやり手の年番方与力も首を竦めた。

「赤目氏、後日礼に伺い申す」

「礼などは要らぬ。この世にわしがあることを忘れよ」

「それがしが忘れたところで世間が赤目小籐次氏のことを忘れるまい」

と最後に言い残した米郷がその場から消えた。

芝口橋から姿を見せたのは読売屋の空蔵だ。

「見たぜ、赤目小籐次が健在なのをな」

「わしの弔い話を書いたのはそなたじゃな」

「おうさ、駿太郎さんの知恵だ。あやつらを久慈屋まで誘い出すためにな、おめえさんを殺した。だがよ、死んだどころかぴんぴんしてやがる。どこにいたんだよ」

と空蔵が小籐次に質したとき、久慈屋のくぐり戸が開いて国三が恐る恐る顔を出し、

「やっぱり赤目様でございましたか」

と安堵した。

くぐり戸から観右衛門や浩介、その他の奉公人が緊張を解いた顔で姿を見せた。

「赤目様、ご無事でしたか。うちの店先は昨日から酔いどれ様の弔い場ですよ」

「大番頭どの、迷惑をかけ申したな」

「ともかく赤目様、駿太郎さん、クロスケも店にお入り下さいな。話を聞かなければとても寝ることなどできませんよ」

浩介が言い出し、空蔵を含めて久慈屋に入った。

刻限は八つ（午前二時）過ぎか。

「酔いどれの旦那よ、順を追って話してくれなければだれも納得しないぜ。なにしろ、おれたち全員が赤目小籐次は死んだと思ってきたんだからな」

と空蔵が息巻いた。

「なぜそなた、この刻限に芝口橋にいたな」

「そりゃよ、うちに下手な字で『今晩九つ半　芝口橋』って投げ文があったんだよ」

と言った空蔵が、

「ああー、あの投げ文は酔いどれの旦那か」

と喚いていた。

二

おりょうはその朝、開け放たれた縁側に文机を出し、黙然としていた。なにを考えてよいのか、分からなかった。

(あの赤目小籐次が亡くなった)

とはどうしても考えられなかった。

縁側にげんげの花で造られた花輪が置かれてあった。

久慈屋の店先に設えた研ぎ場で駿太郎が仕事をしていると大勢の人びとが小籐次を偲んで花を捧げ、線香を手向けるという。その一つを駿太郎が国三に頼んで望外川荘に届けさせたのだ。

国三の話によればげんげの花輪を持ってきたのは若い娘だという。

（なぜげんげの花輪を小籐次に捧げようとしたのか）

「手にとるな　やはり野におけ　蓮華草」

滝瓢水の句がすでに枯れたげんげの花輪と重なった。

おりょうは苦界《くがい》に身を落とした遊女をげんげの花に例えるよりも、広々としたげんげ畑の花を手折ってはなりませんよと、素直に解釈する小籐次の考えに同感した。

ふいに五七五がおりょうの脳裏に浮かんだ。

おりょうは御歌学者の家系に生まれた。物心ついた折から和歌には親しんできたが、五七五を詠もうと考えたことはなかった。

「げんげ草　野にあるときが　浄土哉《かな》」

（工夫がない、そのままだわ）

おりょうの顔に微笑みが浮かんだ。

押上村のげんげの花盛りをいっしょに見た人はもはやこの世の人ではない。

これから駿太郎と二人この望外川荘で暮らしていくのか。

隅田川の方角から犬の吠え声が聞こえてきた。

クロスケの声のようだと思った。

駿太郎が戻ってきたのであろうか。

国三は、久慈屋の店先の研ぎ場を祭壇と考えた大勢の人が、赤目小籐次を偲んで今日も追悼にくると言っていた。

駿太郎は父の「弔い」に堪えられないと考えて須崎村に戻ってきたのか。

船着場に舟が着いたか、クロスケの吠え声はさらに大きくなっていた。なにを昂奮しているのか、だれになにを告げようとしているのか。

吠え声とともに不酔庵の陰からクロスケが飛び出してきた。一目散におりょう

のところに駆け寄り、沓脱石に前脚を乗せて、尻尾を振り回して、
うおううおう
と吠えた。

どう考えても喜びの吠え声だった。

「クロスケ、どなた様を案内してこられたか」

母上、と林の中から駿太郎の声が聞こえた。

おりょうがクロスケから不酔庵へと眼差しを向けると、駿太郎が姿を見せて、
おりょうに手を振り、後ろを振り返った。

「どなた様をお連れなされた」

「母上が大好きなお方です」

駿太郎の声のあと、赤目小籐次が飄然《ひょうぜん》と姿を現わした。

「お、おまえ様」

おりょうの言葉はそれ以上続かなかった。

「おりょう、心配をかけたな。ただ今戻った」

小籐次が旅先からでも戻ったという感じで言った。

「お帰りなされませ」

おりょうの返事もいつもの平静な声音だった。

小籐次が腰の次直を外すとおりょうが受け取った。そして、

「お梅、湯を沸かしてください。旦那様のお帰りです」

と台所に声をかけた。

お梅がおりょうの言葉に台所から座敷へと飛び出してきて、立ち竦んだ。

「だ、旦那様」

「お梅、案じさせたな、許せ」

と小籐次が言った。

「おりょう様、どういうことでございますか」

とお梅が尋ねた。

「さあて、どういうことでございましょうね。おいおい話を聞かせてもらうとして、その前に何日も召しておられた衣服をすべて湯殿に入る前に脱ぎ棄てていただきましょうか。伊勢詣での折よりも汚れておりますよ」

おりょうはそういいながら、

(赤目小籐次は意表外の生き方をなすご仁)

であることを忘れていた己を笑った。

「よし、駿太郎、湯が沸く前に稽古をせぬか」

小籐次と駿太郎が庭の一角の野天道場で稽古を始め、縁側におりょうとクロスケがとり残された。

「クロスケ、そなたのように素直に喜べぬりょうは、おかしいのでしょうか」

おりょうがクロスケに尋ねると、犬は尻尾を振り回して応じた。


久慈屋ではいつものように表戸を開いた。

すでに店の内外の掃除は終わっていた。深夜の戦いのあともきれいに掃き清められていた。また赤目小籐次を偲んで手向けられた線香や花々も一つ残らず片付けられていた。

国三は久慈屋の店先に二つ、研ぎ場を設えた。

だが、研ぎ人はだれもいなかった。

最初に線香を手向けにきたのは、品川宿からきたという女衆だった。まだ若い女衆が迷ったように辺りを見回し、

「ここは芝口橋の久慈屋さんですね」

と国三に質した。

「いかにも久慈屋でございます」

「酔いどれ様の弔いはこの久慈屋で行われていると聞いてきたのですが、どちらに移されました」

「いいえ、移したのではありません」

と寝不足の顔に笑みを浮かべた国三が応じた。

「造作をお掛け申しました。ですが、赤目小籐次様の弔いはしばらく先になすことになりました」

「やはりこちら様の店先ではご迷惑でしたか」

「そういうことではございません。ほら、ただいま読売屋の空蔵さんがお見えになりました。そなた様の得心のいく説明をなされましょう。この店先でお聞きになりませんか」

と国三が言い、女は戸惑いながらも芝口橋を見た。

吉原かぶりの空蔵が国三に一礼した。

国三は土間の隅に置かれた踏み台を空蔵のために運んでいった。空蔵が二人の助っ人を連れて、

「お借りするよ、国三さん」

と言った。

「空蔵さん、一世一代の口上を楽しみにしていますよ」

「手代さんよ、一睡もしていねえほら蔵だ。居眠りを始めたら水をぶっかけてくんな」

と国三に願い、踏み台に上がるとまず久慈屋の二つ並んだ無人の研ぎ場に視線をやった。そして、芝口橋を往来する人びとに向き直った。

「どうしたね、ほら蔵さんよ」

芝口一丁目の瀬戸物屋松やの隠居が声をかけた。

「もはや身罷った赤目小籐次ものでは商いにならないてんで、色気ものなんぞをでっち上げてきなさったか」

「よしてくんな、松やのご隠居さんよ。この空蔵、痩せても枯れても読売一筋の男だ。ご隠居の驚くネタを披露仕りますよ」

「おや、昨日はえらく湿っぽかったけど、今日は一転明るい顔をしておりますな。から元気のほら蔵のネタ、お聞きしましょうか。面白ければ十枚でも二十枚でも買いますよ」

「馴染の客はありがたいね。よし、読売屋のほら蔵こと空蔵の口上を聞いてくんな」

と言った空蔵が息を整えた。

「芝口橋をお通りの皆の衆、一段高いところからではございますが、驚きのネタをご披露申し上げますよ。わっしの話を聞いて驚かないお方がいたら、読売はただの上に十文付けようじゃありませんか」

「ほら蔵、ケチくさいことをいうねえ。一両とはいわねえや、ただの読売に一分くらい付けねえな」

「さすがは日当稼ぎの職人だね、景気がいいやね」

「おお、こちとら築地川で産湯《うぶゆ》を使った芝っこだ」

橋を往来する人びとが松やの隠居と築地川で産湯を使った芝っこの職人の掛け合いに足を止めた。

それを見計らった空蔵が、

「ご一統、いま泣いたカラスがもう笑った、というがな、この空蔵もそんな気分なんだよ。なぜだか分るか、芝っこの職人さんよ」

空蔵は興味を引き付けるだけ引き付けたところで、

「なにが哀しいって天下の赤目小籐次が風雨の夜に大川河口で小舟から落ちて死

んだことだ、そう思わないか」

「思うよ。だからさ、わたしゃ、こうしてお線香と花を持って悔やみに来たんだよ。江戸から大きな灯りが消えちゃったよ」

「そこだ、姉さん」

「なんですね、人のことを気安く姉さんなんて呼んでさ、さっさと口上を述べなよ」

姉さんの注文に頷いた空蔵が、

「ご一統様、お耳をかっぽじって聞いてくんな。いいかえ」

おおー
と足を止めた人びとが呼応した。

「赤目小籐次が生きていたんだよ、皆の衆」

空蔵の一言に一瞬芝口橋に森閑とした沈黙が落ちた。

「おい、昨日、久慈屋の店先にあった線香と花はなんだ。急に死んだ酔いどれ様が生き返ったのか」

「そこだ。わっしらを、いやさ、江戸じゅうの人びとを騙《だま》して小籐次が身罷った真似をしたのにはそれなりのわけがあるんだよ」

「そんな話があってたまるか」

人垣の中からも反論の声が聞こえた。

「兄さんの言葉、もっともだ。いいかえ、話の頭だけを説明しようじゃないか」

「おお、説明しねえ」

「昨夜九つ半時分のことだ。なにあろう、ご一統が目の前にしている紙問屋の久慈屋に御用提灯を点し、出役姿の与力・同心の形《なり》でくぐり戸を叩いた面々がいたんだよ。いいかえ、おりゃ、久慈屋とは反対側の河岸道からこの一部始終を見ていたから、嘘はいわねえ」

と言った空蔵がくるりと久慈屋を向き、最初に小籐次に線香と花を捧げにきた女衆の傍らに立つ手代の国三を見ると、

「手代さんや、夜中に捕り方の扮装《なり》をした者たちが押し込もうとしたことは、空蔵の作り事かえ」

「いえ、空蔵さんの申されるとおりです。うちはあの折、くぐり戸を開けていたら大事になっておりました」

と国三が言い切った。

「な、なんと。分ったぞ、空蔵さんや。そこへ死んだと見せかけた酔いどれ小籐

次の登場だな」

「松やの隠居、惜しいな。いきなり真打の登場はなかろうぜ。まずはだれあろう、赤目小籐次様の一子駿太郎さんと飼い犬のクロスケの登場だ」

「ほうほう、たしか酔いどれ様の子は十二歳、養い子だな」

「おうさ、一連の『御鑓拝借』騒ぎにからんで刺客に立った須藤平八郎様のやや子だ。二人の剣客はな、互いの力を認め合って尋常の勝負に及んだ。そのときの約束で、須藤様が万一敗れたときはやや子を赤目小籐次様が養うことになったんだ。その約定どおり、酔いどれ様は一歳のやや子を育て上げた。そんなわけだ、駿太郎さんは並みの十二歳じゃないよ。

　物心つく前から、亡き須藤平八郎様の才を受け継ぎ、赤目小籐次様の厳しい教えを受けた一廉《ひとかど》の剣術家だ。この駿太郎さんが孤軍奮闘、大胆にも町方の与力・同心の形の押込みの前に立ち塞がったんだよ」

「ま、まさか、十二歳がよ、押込みどもをすべて叩き斬ったとはいわねえよな」

「よう言うた。熊五郎」

「熊五郎じゃねえ、屋根屋の八五郎だ」

「よし、屋根屋の八つぁん、いよいよ真打の出番だ。だがな、この先は読売を買って読んでくれと言いたいが、情けの空蔵、奉仕のほら蔵だ。この十日余り赤目小籐次様がだれにも知られずどこにいたかだけを語ろうじゃないか」

「おお、喋《しやべ》ってくんな。得心したら、読売を買うからよ」

「よし、赤目小籐次様がなぜ野分《のわき》のような夜に江戸の内海から大川河口へと小舟を繰り出したか、それはお上のさるお方に押込み退治を願われてのことだ。まあ、次に狙われそうだということで、久慈屋の危難でもある。

当然、赤目様はお受けして、風雨の中、小舟が転覆して溺れ死んだことにした。賊を油断させるためだ。だが、当人は小舟といっしょに石川島の葦原に乗り上げ、あたかも小舟が転覆して、赤目小籐次様は身罷ったように日にちを過ごしてきた。

ご一統様は知るまいが、石川島の人足寄場ってところは無宿人が世間に出た折に働き口が見つかるように、あれこれと仕事の基を教えるんだよ。

こりゃ、寛政二年、いまから三十有余年も前、長谷川平蔵様の知恵だ。その人足寄場で暮らす無宿者や役人衆が食べる野菜を作る畑作地が石川島の東側にあってな、この畑を差配するお人がさ、ずぶ濡れの酔いどれ様を見つけて匿《かくま》ってきたんだよ」

「よくもよ、酔いどれ様は賊が久慈屋に押し入ると分ったたな、読売屋」

「よう聞いた、屋根屋の八五郎。赤目小籐次様は死んだ振りをしながら、さる北町の与力様と連絡《つなぎ》をつけてたんだよ、それであれこれと久慈屋に押込みどもの注意が向くように仕向けたんだな。おれに『異才赤目小籐次墜つ』の読売をさ、駿太郎さんを通して書かせたのもその一環だ。まあ、今度ばかりは、おれも倅の駿太郎さんも酔いどれ様の策に踊らされた口だね」

「ふーん」

と屋根屋の八五郎が鼻で返事をした。

空蔵が気合を入れ直した。

「よし、時よし、と考えた夜に、酔いどれ小籐次様はな、満天下に数多住む人の中から駿太郎さんとこの空蔵を選んで投げ文をくれたんだ。そこでわっしと駿太郎さんが、あの久慈屋の前に深夜の九つ半に居合わせたというわけよ。いいかえ、これだけ喋ったんだ、赤目小籐次様が生きていたことを慶賀して読売を買ってくんな」

と最後は空蔵が願った。

「読売屋、一つだけ質しておきたい」

と旗本家の用人風の武家が空蔵に聞いた。

「なんですね、お武家様」

「そのほう、赤目小籐次氏がお上のさるお方に頼まれたというたな。読売にそのことは書いてあるか」

「お武家様、そいつは勘弁してくんな。むろんこの読売屋の空蔵、すべてを承知しておりますよ。だがね、赤目小籐次様が己の命を一時とはいえ、失ったようにしてまで昨夜を待ち受けて、与力・同心の形をした押込みを始末しなさったんだ。

このへんの事情を読売に載せれば、おれの首は飛ぶ。それればかりじゃない、ご公儀にも差しさわりが出ようじゃないか。いいかえ、おれたち、町衆が知りたいのは、生きていた赤目小籐次様と一子の駿太郎さんが押込みを相手にどんな戦いぶりを示したか、そうじゃねえかえ」

「相分った。それがしに読売を二枚くれぬか」

と武家が口火を切った。

空蔵ら三人が用意してきた読売は、六文とふだんより高い値にも拘わらず瞬《また》く間に売り切れた。

芝口橋はまたいつもの橋の風景へと変わった。

空蔵が踏み台を持って久慈屋に行くと、だれもいない研ぎ場の前にたくさんの花だけが飾られてあった。弔いの花が祝いの花へと変わった姿だった。

「ご苦労だったな」

と迎えたのは、難波橋の秀次親分とその旦那の南町定廻り同心近藤精兵衛だ。

「とんだ貧乏くじを引いたのは南町かね」

と空蔵が言った。

「いや、こたびのことは南も北も損得なしだ。われらの上つ方が赤目小籐次どのに始末を願われたのであろう。まあ、損をしたというならば赤目どのだけじゃが、改めて赤目小籐次の人気ぶりをわれらは見せつけられた、そう思わぬか、ご一統」

「はい、いかにもさようでございますよ」

と答えたのは観右衛門だ。

観右衛門にとってまさか赤目小籐次の「死」が久慈屋に関わりがあったとは、考えもしなかっただけに心中複雑だった。

「赤目様もこれで少しは伊勢詣での休養ができましょう」

と浩介が言い、

「皆さんはすべてご存じの話ですが」

と、空蔵から買った読売を配った。

望外川荘に森藩江戸屋敷の近習頭の池端恭之助が訪ねてきて、苦虫を嚙み潰したような顔の恭之助から話を聞いた小籐次とおりょうは、しばらく言葉が出なかった。

ふうっ
と大きな吐息をした小籐次が、

「なんと釆女と国兼鶴之丞が下女を残して長崎屋から姿を消したとな。男と女の仲ほど分らぬものはないな」

小籐次の述懐におりょうはただ首を横に振った。

「赤目様、このこと、殿に申し上げるべきでござろうか」

池端恭之助の相談の眼目はこのことだった。

「いや、国兼どのが藩籍を抜けたことは江戸家老なり、用人なりを通じて、殿にお知らせするべきであろう。じゃが、釆女といっしょとはわざわざお伝えすることもあるまい。どうだ、おりょう」

小籐次の言葉におりょうと恭之助が首肯した。

三

小籐次は望外川荘で静かな日々を過ごしていた。

そんなある日、小籐次は駿太郎の漕ぐ舟で隅田川を下り、大川河口に浮かぶ石川島の畑作地を訪ねた。

駿太郎が石川島の東側に舟を着けると、いつだれが運んできたのか、小籐次の馴染の研ぎ舟が葦原の中に隠されてあった。

小籐次と駿太郎が島に上がると、内海に面して青々とした見事な畑作地が広がっていた。そして畑の真ん中に松の木が数本生えていて、その下に一軒の小屋があった。

「驚きました。内海にかような畑があるのですね」

「繁次どのと申されるお方が独りで作り上げた畑だぞ」

小籐次は石川島の畑で過ごしていた事実を駿太郎に見せたかったのか。

「父上はほんとうに大川河口のすぐそばに居られたのですね」

「世間様はまさかかようなところが石川島にあるとは思わんでな。転覆したと見せかけようと研ぎ舟にあれこれと雨の中で細工を凝らしておると、繁次どのに声をかけられたのだ」

石川島の畑に暮らしていたのは偶然のことであったと言った小籐次が、

「本日、小舟を引き取りに参ったのは手入れをしてな、使おうと思うてな。駿太郎が新たに久慈屋さんから借りた舟はお返しせねばなるまいが」

と石川島の畑を訪ねた用件を駿太郎に告げていると、

「おや、酔いどれ様」

と畑を差配するという男が姿を見せた。

この茫洋《ぼうよう》とした顔付きで大きな体の主が繁次だろう。

「おお、繁次どの、こたびはいかい世話をかけた」

小籐次は持参した貧乏徳利を差し出した。それを嬉しそうな顔で受け取った繁次が、

「なんの、世話などしておらぬ。天下の酔いどれ様と過ごした日々がなんとも楽しかったぞ」

と笑い、

「子息の駿太郎どのですな」

と小籐次に尋ねた。

駿太郎には繁次が小籐次と同じくらいの齢のようにも思え、意外と若いのではないかとも考えた。それほど外見や風貌から齢の判断がつかなかった。だが、駿太郎は父がこの畑の繁次の小屋に世話になりながら、時を過ごしたことを実感した。そして、繁次は動きがつかない小籐次に代わり、あれこれと動いてくれたのではないかと駿太郎は推測した。繁次のほかにも、小籐次の生存を承知していたものがいた。クロスケだ。駿太郎はそのことを確信していた。

「赤目駿太郎です、父が面倒をお掛けしました」

「おうおう、たしかに血が繫がってはおらぬと聞いたが、顔立ちも体つきもまるで違う。酔いどれ様に似ずによかったな」

繁次が正直な気持ちを言い、

「事は終わったか、酔いどれ様」

と小籐次に質した。

「お蔭様でまあ頼まれごとは終わったな。それもこれもあれこれと繁次どのに手伝ってもらったおかげじゃ。ともかく浮世を離れて石川島に独り暮らす繁次どのがおらねば事がならなかったわ」

と繁次に言った小籐次が、

「そなた、望外川荘を訪ねてくる気はないか」

と問い返した。

「自慢の女房様のお顔を拝見したいが娑婆心《しやばごころ》が起こってもならず、わしはこの畑で過ごすのが性《しょう》に合っておる」

と繁次が答えた。

そのとき、駿太郎は無宿者の繁次がもと侍であったのではないかと思った。

「芝口新町の新兵衛長屋やら読売屋に投げ文まで頼んだな」

「おお、酔いどれ様の命で十年ぶりに字まで書かされた。ともかくこの畑を出たのは何年ぶりであったか」

と指を折って勘定していたが、

「わしはこの地で大根やら茄子《なす》やら青菜を作って暮らすのが一番いいぞ、酔いどれ様」

と繁次が笑った。

「時に酒などもって訪ねてこよう」

「何年も飲まなかった酒の味を酔いどれ様の到来で思い出したわ」

小籐次と駿太郎は繁次に辞去の挨拶をして石川島の畑を出ると、新しく駿太郎が久慈屋から借りていた舟で小籐次の研ぎ舟を引いて大川を遡ることにした。

「父上、繁次さんはどんな方なのですか」

「繁次どのは、十年以上も前に人足寄場に無宿人として送り込まれたそうな。じゃが、寄場で教えられる手職は、どれも気に入らなかったとか。そこで己から願って島の東にあのような畑を独りで開墾されたのだ。

今では石川島の人足寄場の役人や住人は、繁次どのが作る大根や茄子や青物の類《たぐい》の恩恵を受けておるのだ。毎日のように石川島と鉄砲洲の間を通りながら、島の東にあのような畑があるとは思いもしなかったわ」

「父上、繁次さんはお侍ではございませぬか」

「かもしれぬ。じゃが、本人が口にされないのじゃ、わざわざ問い質すこともあるまい」

はい、と返事をした駿太郎と小籐次は二人して櫓を漕ぎながら、大川を吹く風に身をさらしていた。

「人には人それぞれのさまざまの生き方がある。繁次どのの暮らしもその一つだ」

「父上は畑作りを手伝われましたか」

「いや、わしは気長に育つ作物と向き合うような暮らしはできぬ。その代わり、砥石があったでな、繁次どのが使う鎌や鍬《くわ》や包丁を研いでおった」

「父上が申されるように人さまざまな生き方があるのですね」

「そういうことだ」

「繁次さんは父上と知り合って暮らしが変わるのではありませんか。なんとなくそのような気がしました」

「変わるもよし変わらぬもよし、繁次どの次第じゃ」

と小籐次が言った。


二人が望外川荘に戻ると、母屋の縁側でおりょうは、駿太郎が一度だけ見かけた人物と話していた。

北町奉行所の年番方与力米郷主水だった。

「おお、戻って参られたか」

と米郷が縁側から立ち上がって小籐次と駿太郎父子を迎えた。

「過日は多大な迷惑と心労をおりょう様にお掛け申し、それがし、本日北町奉行榊原忠之様の代理にてお詫びとお礼に参上したところでござった。このとおりでござる」

米郷が小籐次に頭を下げた。

「米郷どの、頭を上げてくれぬか。なんとのう忘れようとしたことを思い出すわ」

「赤目氏ほどの豪の者でもあの者たちのことが気になるか」

「それがしを血も涙もない人斬り屋とでも思うておられるか」

小籐次は憮然とした顔で言った。

「いや、これは言葉が足りなんだ」

米郷が縁側に座り直した。

「おまえ様、茶をお持ちします」

おりょうが小籐次に米郷の相手を任せて、その場から姿を消した。

「米郷どの、貴殿があの夜、申されたように生前に弔いをしてもろうた者は長生きするならば、それがしが北町奉行所に礼に出向くのが本筋ではござらぬか」

「赤目氏、そう皮肉を申されるな」

「皮肉など無益のことは、この赤目小籐次言わぬ」

小籐次は縁側に腰を下ろした。

米郷の眼が駿太郎に向けられた。

「駿太郎どの、よき父上と母上をお持ちじゃな」

「はい」

と駿太郎が短く返事をすると、

「父上、寺道場に行ってよいですか」

と小籐次に許しを乞うた。

小籐次が頷くと、駿太郎は米郷に会釈を残し、寺道場へと走り去った。

「ただ今もおりょう様に申し上げたところだが、研ぎ舟が石川島の葦原で見つかったと聞かされたとき、それがし、えっ、と魂消たぞ。その後、佃島の連中が必死の捜索をしたにも拘わらず、そなたは見つからぬ、小舟には武士の魂の刀まで残されてあったとも聞いた。これは、えらいことになった。『おてまえの一命をお借りしたい』とはいうたが、まさか荒れた夜の内海に乗り出されるとは。もはや密命どころではない、天下無双の赤目小籐次氏を死に至らしめるきっかけをそれがしがなしたとすると、腹かっ捌いても天下にお詫びが叶わぬとな。いや、まさかあれが企ての始まりとは」

「大仰なことを申されるな。もはや終わったこと」

と小籐次がにべもなく言い切った。

「元われらが同輩の二名、極秘のお裁きにて死罪が確定いたし、すでに処刑が実行されており申す」

米郷は「小籐次が始末した」とは表現しなかった。

「もう一人、磯部の次男はこの四年の所業すべてを喋ったゆえ、罪一等を減じられ、八丈遠島の沙汰に決まり申した。そのほか配下の者たちも三宅島遠島でござった」

米郷の報告に小籐次はただ頷いた。

「呉服御用達後藤縫殿助は、どうなったな」

磯部と佐々木らが押込みを計り、家族と奉公人を皆殺しにされた後藤家の行末を小籐次は案じた。

「近々分家が後藤家を継ぐことが決まっており申す」

「後藤家の者の死の真相は世間に伝えられず仕舞いか」

「赤目氏、後藤家の悲劇を世間に公表するとあの二人の身許が問われよう。

となると北町の面目もたたぬ。また奉行榊原様は、辞任致さねばなるまい。さらには赤目小籐次氏の苦心も無駄になろう」

と米郷が言い、

「奉行から赤目様へお詫び料にと預かって参った。また日を改めて赤目氏に一献《いっこん》差し上げたいとの伝言を預かっており申す」

米郷は袱紗包みを縁側に置いて立ち上がった。

北町奉行所としては己らの手で二人を取り押さえ、裁きの上、処刑したと公に主張したいのであろう。小籐次にとってはどうでもよいことだった。その沈黙の代金が袱紗包みだった。

この日の昼下がり、小籐次は駿太郎に手伝わせて小舟の手入れをなした。大きく破損した箇所はない。ゆえに研ぎ場を新たに作り直し、流された櫓と棹を揃えれば、手入れはなった。

「駿太郎、明日から研ぎ仕事を再開致す。明日はわしに同行してくれぬか。久慈屋に借りた舟を戻すと、わしの帰りの舟がないでな」

「承知致しました」

久慈屋に研ぎ場が二つ並んで小籐次と駿太郎が砥石に向い合った。

「おお、酔いどれ様の父子研ぎが芝口橋に戻ってきたぜ」

「角店の久慈屋だが、やっぱりよ、酔いどれ様の研ぎ場があるとなしじゃ、まるで違うな。びしっ、と筋が通っているもんな」

「まして本日は父子揃っての研ぎ場だぜ、おれたちもしっかりと仕事しねえとな」

と芝口橋を渡る職人衆が言い合っていく。

それを聞いた観右衛門が満足げに、
ふっふっふふ
と笑った。

「似合いますな。こういうのを『庇《ひさし》を貸して母屋を取られた』というのでございましょうかな」

「はい、酔いどれ様は久慈屋の生きた看板です」

観右衛門の言葉に浩介が答えた。

「いかにもさよう、明日には本家の忠左衛門様も江戸に出て参られます。赤目小籐次死すという騒ぎの最中でなくて、ようございましたよ」

帳場格子の中で近々八代目を継ぐ浩介と大番頭が話し合っていた。

「一服致しませぬか」

と観右衛門が四つ（午前十時）の刻限に小籐次に誘いをかけたとき、研ぎ場の前に人が立った。それも四人の武家だ。

その顔を見上げた小籐次が、

「なんだ、そなたら、四家打ち揃ってこの年寄りに注文か」

と言い放った。

四人とは『御鑓拝借』騒動以来の付き合い、赤穂藩家臣古田寿三郎、丸亀藩家臣黒崎小弥太、臼杵《うすき》藩家臣村瀬朝吉郎、そして小城《おぎ》藩家臣伊丹唐之丞《とうのじょう》だ。

「確かに生きておられるわ」

と村瀬朝吉郎がどこか安堵したように呟いた。

「村瀬どの、生きておっては迷惑か」

と小籐次が言い返し、

「駿太郎、先に台所に行っておれ」

駿太郎を先に休憩に行かせた。

その上で小籐次は四人の顔を改めて見上げた。

「そうではございませぬ。このところ、赤目小籐次様が身罷ったとか、蘇ったとか、すさまじき風聞が流れておりますでな、われら四人打ち揃い、生死のほどを確かめに参りました。赤目様、ご健在のようす、祝着至極にございます」

四人の中では一番付き合いが深い古田寿三郎が言った。

「爺い研ぎ屋の生き死になど、もはやそなたら四家と関わりがあるまいが」

「そうではございませんぞ」

伊丹唐之丞が抗うように応じた。

「なぜだな、伊丹どの」

「われら四家と赤目小籐次様の因縁、今更説明の要はございませぬな」

「ないな」

小籐次が即答した。

「赤目小籐次様はわれら四家のお蔭でその武名を高められた。その赤目様がわずかな酒に酔い食らい、風雨の内海で舟から落ちて死んだとあっては、なんとも情けない。まるでただの酔っ払いの所業ではございませぬか。われら四家の名はさらに廃《すた》りまする」

「それではいかぬか」

「いけませぬ、赤目小籐次は最期の時まで天下無双の武芸者でなければ、赤穂藩、丸亀藩、臼杵藩、小城藩の恥辱この上なし」

と伊丹が言い切った。

「なに、そなたら、死損ない爺に死に方まで注文つけおるか」

「それはこれまでの曰く因縁を考えると当然でござる」

と古田寿三郎が伊丹に同意し、

「よいですな、赤目様、死に方を常々お考えあって、その折はわれら四人を得心させて下され」

と言い添えると、四人が一礼して久慈屋の店先から去っていった。

小籐次はなんとも落ち着かない気分に落ちた。

視線をいずこともなく彷徨《さまよ》わせた。

「おい、酔いどれ様よ、えれえことになったな。死に方まで考えろとよ」

どうやら古田らとの問答を陰で聞いていたらしく、読売屋の空蔵が面《おもて》を覗かせて言った。

「わしがこたびあの者たちに、いや、四家になにをしたというのだ」

「そう言いたくなるわな。だがよ、あの連中にとっては、『御鑓拝借』騒動の赤目小籐次、不倶戴天《ふぐたいてん》の敵だぜ。生きているうちに敵わないとなればよ、死んだときくらい、すっきりとしたい気持ちは分らないじゃねえな」

と空蔵が他人事《ひとごと》のように言った。

「さような話があるか」

「酔いどれ様になくとも先方にはあるとよ。待てよ、この話、ひねり方次第では、読売の小ネタになるな」

「空蔵、いや、ほら蔵、またしてもわしを商売のタネにしおるか」

「そりゃそうさ。どこかの田舎大名がさ、女子連れで参勤をしてきてな、江戸入りしたなんて話よりも、酔いどれネタが売れるんだよ」

「空蔵、その話、どこから仕入れたか知らぬが、読売に決して書いてはならぬぞ」

小籐次が慌てて注意した。

「だからさ、おれは知っていても知らぬふりをするくらいの度量の持ち主なんだよ。その代わりによ、酔いどれネタで我慢しているんだよ」

空蔵が言い放ち、小籐次はいよいよ体から力が抜けた。

四

小籐次と駿太郎は、その日の七つ過ぎまで久慈屋と京屋喜平の道具の手入れを続けた。この日の目途が立ったと思えたとき、小籐次が、

「明日からは川向こうの蛤町《はまぐりちょう》裏河岸に移ろうと思う。永の無沙汰でうづさんや美造《よしぞう》親方が怒っておられような」

と洩らした。

「伊勢詣でに出立《しゅったつ》されて以来ですね。でも皆さん、父上の事情は察しておられます」

「死損ない爺が白髪頭を下げるしか手はあるまい」

そのとき、近くで犬の吠え声がした。

駿太郎が顔を上げて芝口橋を見た。

しばし間があった。

「父上」

「どうしたな」

「あちらを」

駿太郎が橋の欄干《らんかん》から久慈屋の店構えを覗く子どもたちと一匹の白犬を差した。

みなが旅塵にまみれ、濃い疲労を体じゅうから漂わせていた。

「おおー、戻ってきたか」

小籐次の声に呼応するように国三が、

「赤目様、三吉たちがシロを連れて伊勢詣でから戻ってきましたよ」

と感動の声音で答え、

「三吉、久慈屋はここですよ」

と叫ぶと橋上から三吉らが、

「やっぱりここだ」

とか、

「ああ、お侍さんだ。それに国三さんもいるぞ」

とか喚きながら久慈屋に走ってきた。

小籐次は研ぎ場から立ち上がって迎えた。

三吉の弟の勉次は、わあわあ、と泣き声を上げながら、小籐次や国三に迎えられた。

「三吉、よう戻って参った。苦労したな」

小籐次の言葉で一行の兄貴分の三吉の眼にも涙が浮かんだ。シロはどうしていいか分らない様子でただ尻尾を振っていた。

駿太郎が、

「シロだね」

と呼ぶと駿太郎の差し出す手のにおいを嗅ぎ、うおううおう、と甘えるように声を上げた。

浩介が知らせたか、いつもは落ち着いている大店の七代目の昌右衛門が飛び出してきて、草履を履くのももどかし気に、

「三吉さん方、よう無事に戻ってこられたな」

と出迎えた。

身分や齢の差はあれ、ともに五十鈴川で禊《みそぎ》をして伊勢詣でをした間柄だ。あれこれと思い出もあり、勉次が神路院すさめことお風にかどわかされた騒ぎなどもあった。

当然のことながら昌右衛門、小籐次、国三と三吉たち抜け参りの子どもたちの間には格別な感情が流れていた。

それを久慈屋の若旦那や大番頭や奉公人が黙って見詰めていた。

喜びの再会が落ち着いたとき、小籐次が、

「未だ長屋には戻っておらぬのだな。そなたら、住まいはどこであった」

と家に戻る前に久慈屋に立ち寄った三吉らの行動を質した。

「三吉らの住まいは川向こうの本所界隈ですよ」

と旅の間、三吉らにいちばん多く接した国三が答えた。

「どうしたものでしょうかな」

小籐次がそう呟いた昌右衛門を見た。

その胸中には風呂にも入れてやりたい、めしも存分に食べさせてやりたいという想いが錯綜《さくそう》しているのを小籐次は察していた。だが、昌右衛門は思い直したように小籐次に言った。

「赤目様、三吉さん方は、まずご家族のもとへ戻るのが先でございましょうな。うちの船で送らせましょう。国三、そなたが送っていき、親御さん方にな、旅の道中いっしょになった事情を説明しなされ」

と命じた。

「はい」

国三が昌右衛門の言葉に即答し、船の仕度に船着場に走った。

その間に浩介が台所に行き、おやえや女中頭のおまつらに握り飯を急いでつくるように願った。

「三吉、わしの倅の駿太郎だ」

小籐次は同じ十二歳の二人を引き合わせた。

齢はいっしょだが、体の大きさがまるで違った。駿太郎のほうが五寸以上も高く、体付きががっしりとしていた。

一方三吉は、小さな体だが施行を頼りに弟ら年下の六人と途中からシロを交えて伊勢詣でを成し遂げた自信が、疲れた顔から溢《あふ》れていた。

「駿太郎さんはお侍の子だよな。研ぎ仕事を手伝うのか」

三吉が聞いた。

「三吉、うちの本業は研ぎ仕事でな。いささか事情があって本日は駿太郎が手伝ってくれておる。そなたも近々奉公に出る身であったな」

うん、と三吉が頷き、何事か話したい素振りを見せた。

「三吉、われらもこれから須崎村に戻るでな、途中までいっしょに参ろうか」

小籐次が言い出し、その言葉を聞いた駿太郎が研ぎ場を素早く片付け始めた。

するとそのとき、おまつら久慈屋の女衆が炊きたてのめしで急ぎ作った握り飯を大皿に載せて運んできた。

「三吉さんというのかい。おまえさん、えらいね。抜け参りをしたなんて、この界隈には旦那様の他にはいないよ。家に戻る前に少しでも腹を満たしていきな」

「ありがとう」

勉次たちが握り飯に飛びついて食べ始めた。三吉は仲間たちが食べ始めたのを見て最後に手を出した。

小籐次が、

「おまつさん、シロになんぞやるものはないか」

と願った。

「おお、犬連れだったね」

おまつが台所に急いで戻っていった。そんな会話に三吉が握り飯を食うのを止めた。

「お侍さん」

と小籐次を眺めている。

「おれが久慈屋に寄ったのは相談があってのことだ」

うむ、と応じた小籐次には三吉の相談がなんとなく分った。

「シロのことか」

「そうなんだよ。途中でな、あちらこちらでさ、賢い犬だから飼ってくれないか、お伊勢参りをした犬はそうはいないよ、と頼んで回ったんだが、あちらがうんといっても、シロはどうしてもおれたちを追いかけてきてさ、とうとう江戸まで来ちゃったんだよ。おれらはみんな裏長屋住まいだしな、差配さんが犬を飼うのをどこも許してくれないんだよ」

と三吉は当惑の顔で言った。

小籐次が答える前に、

「父上、クロスケに朋輩が出来れば喜びましょう」

と駿太郎が言った。

「望外川荘で飼うというか」

「母上には私から願います」

小籐次が三吉に尋ねた。

「シロはそなたらとともに旅してきた犬だ。そなたらと離れるのを嫌がらぬか」

「お侍さんはよ、勉次を助けてくれたとき、シロもいっしょに神路川《かみじがわ》の水源にいった仲だ。お侍さんの言葉なら聞くと思うがな」

「そうじゃな」

と答えた小籐次が駿太郎に、

「どうだ、クロスケと仲良くなれそうか」

「父上、大丈夫でございます。江戸の一夜目です、シロも一匹だけで過ごすより仲間のクロスケが傍らにいたほうが安心して休めましょう。三吉さんたちが落ち着いたら、本所から須崎村にシロに会いにくればようございます」

「駿太郎さん、おっ母さんがダメだというんじゃないか」

「母上のことならば駿太郎に任せてください、三吉さん」

駿太郎が三吉の心配に答えたとき、おまつが朝の残りごはんにカツオ節や煮干しをまぶし、味噌汁をかけた餌を入れた大丼を運んできた。

「シロというのかい、お食べ」

おまつが言いながらシロの前に大丼を置いた。するとシロはまず三吉の顔を窺《うかが》った。だれが頭分か、旅の間で承知しているシロだった。

「シロ、施行だ。食べな」

と許しを与えると、さらに白く太い尻尾を振り回したシロが大丼に顔を突っ込み、一気に食べ始めた。この日、シロも三吉たちもまともに食べていない様子だった。

「赤目様、望外川荘はクロスケとシロの二匹になりますか。これもなにかの縁でございますよ。私からもお願い申します」

安堵した表情で昌右衛門が言った。

「お伊勢詣でをした犬は、江戸にもそうはおりますまい。空蔵さんが知ったら読売に書きますよ」

「昌右衛門どの、赤目小籐次は犬まで読売に載せて商いにしておるか、と非難が殺到しましょう。空蔵には黙っていてくだされ」

と小籐次が願うところに、

「なんだい、黙っていろというのは」

と言いながら空蔵がふらりと姿を見せた。そして、三吉ら七人の子どもと犬のシロが競い合うように食べるのを見て、

「なんだい、この陽に焼けた餓鬼と白犬はよ」

と小籐次に尋ねた。

だが、小籐次は知らぬふりだ。

致し方なく昌右衛門がお伊勢詣での道中いっしょに旅した抜け参りの一行が、最前戻ってきたことを告げた。

「ほうほう、久慈屋の旦那方のお伊勢詣でにそんな出会いがあったのか。なんともえらいもんだ。こりゃ、酔いどれ様お伊勢詣で外伝とでも銘うって一本書けそうだな」

と空蔵は思案する顔付きをした。

小籐次が、

「三吉、残りの握り飯は船で食べよ。そうしなければ、読売屋の餌食《えじき》になるぞ」

と急がせ、三吉たちを久慈屋の船着場に追い立てた。

ここから三吉たち七人とシロは、別々の舟に乗ることになる。

「シロ、おまえはこちらの研ぎ舟だよ」

駿太郎がシロを抱きかかえて小舟に乗せた。一方三吉たち七人と国三は久慈屋の荷船に乗り込んだ。船頭は喜多造だ。

二艘が船着場を離れると、

「三吉さん、なんぞ困ったことがあれば相談にお出でなさい」

と昌右衛門が声をかけた。

三吉がぺこりと頭を下げた。

「酔いどれの旦那、死損ないが喋らなくたって久慈屋の大旦那にお話を願うからな。三吉を頭に七人と犬一匹のお伊勢詣で話、抜け参りが流行《はや》るきっかけになるぜ」

と空蔵が舟に向って叫んだが、小籐次はもはやなにも答えなかった。

二艘は御堀から築地川へと並んで下った。

「お侍さんさ、おれたち、舞坂から大きな船に乗って五十鈴川の河口に着いたよな。そして、おれたちの抜け参りの最後も船旅だ」

三吉の言葉には達成感と寂しさがない交ぜにあった。

最初に出会ったときからわずか二月足らずだが、小籐次も国三も三吉がしっかりとした考えの子どもに育っていることを見てとっていた。

「お侍さん、駿太郎さん、シロを頼むな」

江戸の内海に出たあとも三吉が何度も頼んだ。

「三吉、須崎村でな、望外川荘がどこかと聞けば土地の人ならば教えてくれよう。そなたらもシロがどうしておるか見にこよ」

「ああ、そうするよ。でもさ、親父が当分おれをさ、外に出してくれないと思うんだ」

と歎息した。

「親父どのがこたびの抜け参りをどう考えなさるか、わしにも見当はつかぬ。だがな、年下の六人と犬までいっしょにお伊勢参りをなし、無事に連れ帰ったそなたの勇気と判断は、大人でもできまいぞ。親父どのもそのことは認めねばなるまいて。そのような子がどこにおる。国三さんが親父どの方も得心するように話してな、とりなしてくれよう」

と応えるしか術《すべ》はなかった。

「赤目様、仰られるとおりに旅の模様を話せばきっと分ってくれると思います。それでもお分りにならないときは、酔いどれ小籐次様の出番です」

と国三が言った。

国三にとっても伊勢詣でで偶然知り合った三吉たちとの船旅や伊勢での騒ぎは忘れ得ぬ出来事だった。それだけに三吉らのことを親身に心配していた。

「わしのもくず蟹をつぶしたような顔を出して事が済むのならば、いつなりとも声をかけてくだされ」

三吉たちが乗る久慈屋の荷船と小籐次の小舟は、新大橋の手前の小名木川との合流部で別れることになった。

「さよなら、シロ」

子どもたちが泣きながら手を振り、シロもくんくんと鳴いて応じた。その体を駿太郎がしっかりと抱きしめている。


小籐次の漕ぐ小舟が湧水池の船着場に着いたとき、刻限は暮れ六つを過ぎて、西空を赤く濁った夕焼けが染めていた。

駿太郎の腕の中でシロがぴくりと動いた。

クロスケが林の中から飛び出してきて、小籐次と駿太郎の帰りを喜んでわんわんと吠えた。だが、途中からふいに吠え声が止んで、小舟に乗るシロを不思議そうに見ていた。

「クロスケ、そなたに朋輩が増えたぞ」

駿太郎が腕の中のシロを抱き上げて見せると、くんくんとにおいを嗅ごうとした。そこで船着場に下ろすとクロスケとシロは互いのにおいを嗅ぎ回った。お互い牡《おす》同士だが、いがみ合う風はない。

それよりクロスケは、シロの苦難の旅を本能で悟ったようにぺろぺろと顔を舐めてみせた。シロも大人しく舐められている。

「この分ならば仲よく暮らせそうじゃな」

「父上、大丈夫です」

提灯の灯りが林の中から見え、枝折戸《しおりど》を開けておりょうが船着場に姿を見せた。

「おや、どうなされましたな、その犬は」

「母上、父上がお伊勢詣での道中で出会った三吉さん方七人が無事に江戸に戻ってこられたのです。このシロといっしょにです」

駿太郎は三吉たちが久慈屋を訪ねてきた経緯を説明した。

「おやおや、望外川荘に家族が増えて賑やかになりますね。クロスケにシロ、なんとも不思議な縁ですね」

「おりょう、そなたもそう思うか。クロスケの家にシロがやってきた。この望外川荘がわれらの絆を結びつけてくれたかな」

おりょうが提灯を小籐次に渡して、シロを抱こうとした。

「おまえ様が生きて戻られたときのように、なかなか立派に汚れておりますよ」

とおりょうが言った。

「最初からクロスケに嫌がられてもなりません。私が井戸端でシロの体を洗います」

駿太郎がシロに縄をつけて井戸端へ連れていこうとした。するといっしょにクロスケも従っていった。

小籐次とおりょうは枝折戸から林の道を進みながら、

「家族が一匹増えたとなると、そう他人様の頼み事ばかりを受けておるわけにはいかぬな。明日は蛤町裏河岸にて研ぎ場を設えようか。もっとも美造親方や万作親方がこちらの顔を忘れておっては、如何ともし難いがな」

小籐次は長い暇を案じた。

「おまえ様、長いお伊勢参りでございましたな」

「おお、長いお伊勢詣でであったが、三吉らとシロが最後を立派に締めてくれた」

と小籐次が言ったとき、井戸端からお梅の、

「わあ、この犬、ほんとうに汚れているわ。駿太郎さん、洗っても洗っても汚れが落ちないわよ」

という大声が聞こえてきた。

「おまえ様は湯に入られませ。そのうち駿太郎もシロを洗ったら湯に入りましょ

う」

おりょうに言われた小籐次はその足で湯殿に向った。

季節はいつしか晩春の終わりを迎えていた。

小籐次は、湯に浸かりながらシロが井戸端でお伊勢参りの垢を落とされる光景を思い浮かべて、にやり、と笑った。

この作品は文春文庫のために書き下ろされたものです。

文春文庫

定価はカバーに
表示してあります

げんげ
新《しん》・酔《よ》いどれ小籐次《ことうじ》（十）

2018年2月10日　第1刷

著　者　佐《さ》伯《えき》泰《やす》英《ひで》
発行者　飯窪成幸
発行所　株式会社　文藝春秋

東京都千代田区紀尾井町3-23　〒102-8008
TEL　03・3265・1211(代)
文藝春秋ホームページ　http://www.bunshun.co.jp

落丁、乱丁本は、お手数ですが小社製作部宛お送り下さい。送料小社負担でお取替致します。

印刷・凸版印刷　製本・加藤製本
Printed in Japan
ISBN978-4-16-791011-2

キリトリ線

佐伯泰英

文庫時代小説◎全作品チェックリスト

どこまで読んだか、
チェック用にどうぞご活用ください。
キリトリ線で切り離すと、
書店に持っていくにも便利です。

掲載順はシリーズ名の五十音順です。
品切れの際はご容赦ください。

二〇一八年二月現在
監修／佐伯泰英事務所

佐伯泰英事務所公式ウェブサイト「佐伯文庫」http://www.saeki-bunko.jp/

双葉文庫

居眠り磐音《いねむりいわね》 江戸双紙《えどぞうし》

□ ① 陽炎ノ辻 かげろうのつじ
□ ② 寒雷ノ坂 かんらいのさか
□ ③ 花芒ノ海 はなすすきのうみ
□ ④ 雪華ノ里 せっかのさと
□ ⑤ 龍天ノ門 りゅうてんのもん
□ ⑥ 雨降ノ山 あふりのやま
□ ⑦ 狐火ノ杜 きつねびのもり
□ ⑧ 朔風ノ岸 さくふうのきし
□ ⑨ 遠霞ノ峠 えんかのとうげ
□ ⑩ 朝虹ノ島 あさにじのしま
□ ⑪ 無月ノ橋 むげつのはし
□ ⑫ 探梅ノ家 たんばいのいえ
□ ⑬ 残花ノ庭 ざんかのにわ
□ ⑭ 夏燕ノ道 なつつばめのみち
□ ⑮ 驟雨ノ町 しゅううのまち
□ ⑯ 螢火ノ宿 ほたるびのしゅく
□ ⑰ 紅椿ノ谷 べにつばきのたに
□ ⑱ 捨雛ノ川 すてびなのかわ
□ ⑲ 梅雨ノ蝶 ばいうのちょう
□ ⑳ 野分ノ灘 のわきのなだ
□ ㉑ 鯖雲ノ城 さばぐものしろ
□ ㉒ 荒海ノ津 あらうみのつ
□ ㉓ 万両ノ雪 まんりょうのゆき
□ ㉔ 朧夜ノ桜 ろうやのさくら
□ ㉕ 白桐ノ夢 しろぎりのゆめ
□ ㉖ 紅花ノ邨 べにばなのむら
□ ㉗ 石榴ノ蠅 ざくろのはえ
□ ㉘ 照葉ノ露 てりはのつゆ
□ ㉙ 冬桜ノ雀 ふゆざくらのすずめ
□ ㉚ 侘助ノ白 わびすけのしろ
□ ㉛ 更衣ノ鷹 きさらぎのたか 上
□ ㉜ 更衣ノ鷹 きさらぎのたか 下
□ ㉝ 孤愁ノ春 こしゅうのはる
□ ㉞ 尾張ノ夏 おわりのなつ
□ ㉟ 姥捨ノ郷 うばすてのさと
□ ㊱ 紀伊ノ変 きいのへん
□ ㊲ 一矢ノ秋 いっしのとき
□ ㊳ 東雲ノ空 しののめのそら
□ ㊴ 秋思ノ人 しゅうしのひと
□ ㊵ 春霞ノ乱 はるがすみのらん
□ ㊶ 散華ノ刻 さんげのとき
□ ㊷ 木槿ノ賦 むくげのふ
□ ㊸ 徒然ノ冬 つれづれのふゆ
□ ㊹ 湯島ノ罠 ゆしまのわな
□ ㊺ 空蟬ノ念 うつせみのねん
□ ㊻ 弓張ノ月 ゆみはりのつき
□ ㊼ 失意ノ方 しついのかた
□ ㊽ 白鶴ノ紅 はっかくのくれない
□ ㊾ 意次ノ妄 おきつぐのもう
□ ㊿ 竹屋ノ渡 たけやのわたし
□ 51 旅立ノ朝 たびだちのあした

【シリーズ完結】

□ シリーズガイドブック
「居眠り磐音 江戸双紙」読本
（特別書き下ろし小説・シリーズ番外編
「跡継ぎ」収録）

キリトリ線

キリトリ線

□ 居眠り磐音 江戸双紙 帰着準備号
橋の上《はしのうえ》
（特別収録「著者メッセージ&インタビュー」「磐音が歩いた『江戸』案内」「年表」）

□ 吉田版「居眠り磐音」江戸地図
磐音が歩いた江戸の町
（文庫サイズ箱入り）
超特大地図＝縦75cm×横80cm

ハルキ文庫
鎌倉河岸捕物控《かまくらがしとりものひかえ》

□ ① 橘花の仇《きっかのあだ》
□ ② 政次、奔る《せいじ、はしる》
□ ③ 御金座破り《ごきんざやぶり》
□ ④ 暴れ彦四郎《あばれひこしろう》
□ ⑤ 古町殺し《こまちごろし》
□ ⑥ 引札屋おもん《ひきふだやおもん》
□ ⑦ 下駄貫の死《げたかんのし》
□ ⑧ 銀のなえし《ぎんのなえし》
□ ⑨ 道場破り《どうじょうやぶり》
□ ⑩ 埋みの棘《うずみのとげ》
□ ⑪ 代がわり《だいがわり》
□ ⑫ 冬の蜉蝣《ふゆのかげろう》
□ ⑬ 独り祝言《ひとりしゅうげん》
□ ⑭ 隠居宗五郎《いんきょそうごろう》
□ ⑮ 夢の夢《ゆめのゆめ》
□ ⑯ 八丁堀の火事《はっちょうぼりのかじ》
□ ⑰ 紫房の十手《むらさきぶさのじって》
□ ⑱ 熱海湯けむり《あたみゆけむり》
□ ⑲ 針いっぽん《はりいっぽん》
□ ⑳ 宝引きさわぎ《ほうびきさわぎ》
□ ㉑ 春の珍事《はるのちんじ》
□ ㉒ よっ、十一代目！《よっ、じゅういちだいめ》
□ ㉓ うぶすな参り《うぶすなまいり》
□ ㉔ 後見の月《うしろみのつき》
□ ㉕ 新友禅の謎《しんゆうぜんのなぞ》
□ ㉖ 閉門謹慎《へいもんきんしん》
□ ㉗ 店仕舞い《みせじまい》
□ ㉘ 吉原詣で《よしわらもうで》
□ ㉙ お断り《おことわり》
□ ㉚ 嫁入り《よめいり》
□ ㉛ 島抜けの女《しまぬけのおんな》

□ シリーズガイドブック
「鎌倉河岸捕物控」読本
（特別書き下ろし小説・シリーズ番外編「寛政元年の水遊び」収録）

□ シリーズ副読本
鎌倉河岸捕物控 街歩き読本

双葉文庫
空也十番勝負 青春篇《くうやじゅうばんしょうぶ せいしゅんへん》

□ ① 声なき蟬《こえなきせみ》 上
□ ② 声なき蟬《こえなきせみ》 下
□ ③ 恨み残さじ《うらみのこさじ》
□ ④ 剣と十字架《けんとじゅうじか》

講談社文庫

交代寄合伊那衆異聞《こうたいよりあいいなしゅういぶん》

□ ① 変化《へんげ》
□ ② 雷鳴《らいめい》
□ ③ 風雲《ふううん》
□ ④ 邪宗《じゃしゅう》
□ ⑤ 阿片《あへん》
□ ⑥ 攘夷《じょうい》
□ ⑦ 上海《しゃんはい》
□ ⑧ 黙契《もっけい》
□ ⑨ 御暇《おいとま》
□ ⑩ 難航《なんこう》
□ ⑪ 海戦《かいせん》
□ ⑫ 謁見《えっけん》
□ ⑬ 交易《こうえき》
□ ⑭ 朝廷《ちょうてい》
□ ⑮ 混沌《こんとん》
□ ⑯ 断絶《だんぜつ》
□ ⑰ 散斬《ざんぎり》
□ ⑱ 再会《さいかい》
□ ⑲ 茶葉《ちゃば》
□ ⑳ 開港《かいこう》
□ ㉑ 暗殺《あんさつ》
□ ㉒ 血脈《けつみゃく》
□ ㉓ 飛躍《ひやく》

【シリーズ完結】

ハルキ文庫

長崎絵師通吏辰次郎《ながさきえしとおりしんじろう》

□ ① 悲愁の剣《ひしゅうのけん》
□ ② 白虎の剣《びゃっこのけん》

光文社文庫

夏目影二郎始末旅《なつめえいじろうしまつたび》

□ ① 八州狩り《はっしゅうがり》
□ ② 代官狩り《だいかんがり》
□ ③ 破牢狩り《はろうがり》
□ ④ 妖怪狩り《ようかいがり》
□ ⑤ 百鬼狩り《ひゃっきがり》
□ ⑥ 下忍狩り《げにんがり》
□ ⑦ 五家狩り《ごけがり》
□ ⑧ 鉄砲狩り《てっぽうがり》
□ ⑨ 奸臣狩り《かんしんがり》
□ ⑩ 役者狩り《やくしゃがり》
□ ⑪ 秋帆狩り《しゅうはんがり》
□ ⑫ 鵺女狩り《ぬえめがり》
□ ⑬ 忠治狩り《ちゅうじがり》
□ ⑭ 奨金狩り《しょうきんがり》

キリトリ線

□ ⑮神君狩り《しんくんがり》

【シリーズ完結】

□ シリーズガイドブック
夏目影二郎「狩り」読本
（特別書き下ろし小説・シリーズ番外編「位の桃井に鬼が棲む」収録）

祥伝社文庫
秘剣《ひけん》

□ ①秘剣雪割り《ひけんゆきわり》 悪松・棄郷編《わるまつ・ききょうへん》

□ ②秘剣瀑流返し《ひけんばくりゅうがえし》 悪松・対決「鎌鼬」《わるまつ・たいけつかまいたち》

□ ③秘剣乱舞《ひけんらんぶ》 悪松・百人斬り《わるまつ・ひゃくにんぎり》

□ ④秘剣孤座《ひけんこざ》

□ ⑤秘剣流亡《ひけんりゅうぼう》

新潮文庫
古着屋総兵衛初傳《ふるぎやそうべえ しょでん》

□ 光圀《みつくに》
（新潮文庫百年特別書き下ろし作品）

新潮文庫
古着屋総兵衛影始末《ふるぎやそうべえかげしまつ》

□ ①死闘《しとう》

□ ②異心《いしん》

□ ③抹殺《まっさつ》

□ ④停止《ちょうじ》

□ ⑤熱風《ねっぷう》

□ ⑥朱印《しゅいん》

□ ⑦雄飛《ゆうひ》

□ ⑧知略《ちりゃく》

□ ⑨難破《なんぱ》

□ ⑩交趾《こうち》

□ ⑪帰還《きかん》

【シリーズ完結】

新潮文庫
新・古着屋総兵衛《しん・ふるぎやそうべえ》

□ ①血に非ず《ちにあらず》

□ ②百年の呪い《ひゃくねんののろい》

□ ③日光代参《にっこうだいさん》

□ ④南へ舵を《みなみへかじを》

□ ⑤○に十の字《まるにじゅのじ》

□ ⑥転び者《ころびもん》

□ ⑦二都騒乱《にとそうらん》

□ ⑧安南から刺客《アンナンからしかく》

キリトリ線

□⑨ たそがれ歌麿《たそがれうたまろ》
□⑩ 異国の影《いこくのかげ》
□⑪ 八州探訪《はっしゅうたんぼう》
□⑫ 死の舞い《しのまい》
□⑬ 虎の尾を踏む《とらのおをふむ》
□⑭ にらみ《にらみ》
□⑮ 故郷はなきや《こきょうはなきや》

祥伝社文庫

完本《かんぼん》 密命《みつめい》

□① 完本 密命 見参！《けんざん》 寒月霞斬り《かんげつかすみぎり》
□② 完本 密命 弦月三十二人斬り《げんげつさんじゅうににんぎり》
□③ 完本 密命 残月無想斬り《ざんげつむそうぎり》
□④ 完本 密命 刺客《しかく》 斬月剣《ざんげつけん》
□⑤ 完本 密命 火頭《かとう》 紅蓮剣《ぐれんけん》
□⑥ 完本 密命 兇刃《きょうじん》 一期一殺《いちごいっさつ》
□⑦ 完本 密命 初陣《ういじん》 霜夜炎返し《そうやほむらがえし》
□⑧ 完本 密命 悲恋《ひれん》 尾張柳生剣《おわりやぎゅうけん》
□⑨ 完本 密命 極意《ごくい》 御庭番斬殺《おにわばんざんさつ》
□⑩ 完本 密命 遺恨《いこん》 影ノ剣《かげのけん》
□⑪ 完本 密命 残夢《ざんむ》 熊野秘法剣《くまのひほうけん》
□⑫ 完本 密命 乱雲《らんうん》 傀儡剣合わせ鏡《くぐつけんあわせかがみ》
□⑬ 完本 密命 追善《ついぜん》 死の舞《しのまい》
□⑭ 完本 密命 遠謀《えんぼう》 血の絆《ちのきずな》
□⑮ 完本 密命 無刀《むとう》 父子鷹《おやこだか》
□⑯ 完本 密命 烏鷺《うろ》 飛鳥山黒白《あすかやまこくびゃく》
□⑰ 完本 密命 初心《しょしん》 闇参籠《やみさんろう》
□⑱ 完本 密命 遺髪《いはつ》 加賀の変《かがのへん》
□⑲ 完本 密命 意地《いじ》 具足武者の怪《ぐそくむしゃのかい》
□⑳ 完本 密命 宣告《せんこく》 雪中行《せっちゅうこう》
□㉑ 完本 密命 相剋《そうこく》 陸奥巴波《みちのくともえなみ》
□㉒ 完本 密命 再生《さいせい》 恐山地吹雪《おそれざんじふぶき》
□㉓ 完本 密命 仇敵《きゅうてき》 決戦前夜《けっせんぜんや》
□㉔ 完本 密命 切羽《せっぱ》 潰し合い中山道《つぶしあいなかせんどう》
□㉕ 完本 密命 覇者《はしゃ》 上覧剣術大試合《じょうらんけんじゅつおおじあい》
□㉖ 完本 密命 晩節《ばんせつ》 終の一刀《ついのいっとう》

【シリーズ完結】

□シリーズガイドブック
「密命」読本
（特別書き下ろし小説・シリーズ番外編
「虚けの龍」収録）

キリトリ線

キリトリ線

文春文庫

小籐次青春抄《ことうじせいしゅんしょう》

□品川の騒ぎ《しながわのさわぎ》・野鍛冶《のかじ》

文春文庫

酔いどれ小籐次《よいどれことうじ》

□①御鑓拝借《おやりはいしゃく》
□②意地に候《いじにそうろう》
□③寄残花恋《のこりはなよするこい》
□④一首千両《ひとくびせんりょう》
□⑤孫六兼元《まごろくかねもと》
□⑥騒乱前夜《そうらんぜんや》
□⑦子育て侍《こそだてざむらい》
□⑧竜笛嫋々《りゅうてきじょうじょう》
□⑨春雷道中《しゅんらいどうちゅう》
□⑩薫風鯉幟《くんぷうこいのぼり》
□⑪偽小籐次《にせことうじ》
□⑫杜若艶姿《とじゃくあですがた》
□⑬野分一過《のわきいっか》
□⑭冬日淡々《ふゆびたんたん》
□⑮新春歌会《しんしゅんうたかい》
□⑯旧主再会《きゅうしゅさいかい》
□⑰祝言日和《しゅうげんびより》
□⑱政宗遺訓《まさむねいくん》
□⑲状箱騒動《じょうばこそうどう》

〈決定版〉随時刊行予定

文春文庫

新・酔いどれ小籐次《しん・よいどれことうじ》

□①神隠し《かみかくし》
□②願かけ《がんかけ》
□③桜吹雪《はなふぶき》
□④姉と弟《あねとおとうと》
□⑤柳に風《やなぎにかぜ》
□⑥らくだ《らくだ》
□⑦大晦り《おおつごもり》
□⑧夢三夜《ゆめさんや》
□⑨船参宮《ふなさんぐう》
□⑩げんげ《げんげ》

光文社文庫

吉原裏同心《よしわらうらどうしん》

□①流離《りゅうり》
□②足抜《あしぬき》
□③見番《けんばん》
□④清掻《すががき》
□⑤初花《はつはな》
□⑥遣手《やりて》

□⑦枕絵《まくらえ》
□⑧炎上《えんじょう》
□⑨仮宅《かりたく》
□⑩沽券《こけん》
□⑪異館《いかん》
□⑫再建《さいけん》
□⑬布石《ふせき》
□⑭決着《けっちゃく》
□⑮愛憎《あいぞう》
□⑯仇討《あだうち》
□⑰夜桜《よざくら》
□⑱無宿《むしゅく》
□⑲未決《みけつ》
□⑳髪結《かみゆい》
□㉑遺文《いぶん》
□㉒夢幻《むげん》
□㉓狐舞《きつねまい》
□㉔始末《しまつ》
□㉕流鶯《りゅうおう》

□シリーズ副読本
佐伯泰英「吉原裏同心」読本

光文社文庫
吉原裏同心抄《よしわらうらどうしんしょう》

□①旅立ちぬ《たびだちぬ》
□②浅き夢みし《あさきゆめみし》

ハルキ文庫
シリーズ外作品

□異風者《いひゅもん》

キリトリ線

文春文庫　書きおろし時代小説

（　）内は解説者。品切の節はご容赦下さい

佐伯泰英
神隠し
新・酔いどれ小籐次（一）

背は低く額は禿げ上がり、もくず蟹のような顔の老侍で、無類の大酒飲み。だがひとたび剣を抜けば来島水軍流の達人である赤目小籐次が、次々と難敵を打ち破る痛快シリーズ第一弾！

さ-63-1

佐伯泰英
願かけ
新・酔いどれ小籐次（二）

一体なんのご利益があるのか、研ぎ仕事中の小籐次に賽銭を投げて拝む人が続出する。どうやら裏で糸を引く者がいるようだが、その正体、そして狙いは何なのか――。シリーズ第二弾！

さ-63-2

佐伯泰英
桜吹雪《はなふぶき》
新・酔いどれ小籐次（三）

夫婦の披露目をし、新しい暮らしを始めた小籐次。呆けが進んだ長屋の元差配のために、一家揃って身延山久遠寺への代参の旅に出るが、何者かが一行を待ち受けていた。シリーズ第三弾！

さ-63-3

佐伯泰英
姉と弟
新・酔いどれ小籐次（四）

小籐次に斃された実の父の墓石づくりをする駿太郎と、父のもとで錺職人修業を始めたお夕。姉弟のような二人を見守る小籐次に、戦いを挑もうとする厄介な人物が―。シリーズ第四弾。

さ-63-4

佐伯泰英
柳に風
新・酔いどれ小籐次（五）

小籐次は、新兵衛長屋界隈で自分を尋ねまわる怪しい輩がいると知り、読売屋の空蔵に調べを頼む。これはネタになるかと張り切る空蔵だが、その身に危機が迫る。シリーズ第五弾！

さ-63-5

佐伯泰英
らくだ
新・酔いどれ小籐次（六）

江戸っ子に大人気のらくだの見世物。小籐次一家も見物したが、そのらくだが盗まれたうえに身代金を要求された！　なぜか小籐次が行方探しに奔走することに……。シリーズ第六弾！

さ-63-6

佐伯泰英
大晦《おおつごも》り
新・酔いどれ小籐次（七）

火事騒ぎが起こり、料理茶屋の娘が行方知れずになる。同時に焼け跡から御庭番の死体が見つかっていた。娘は事件を目撃して攫われたのか？　小籐次は救出に乗り出す。シリーズ第七弾！

さ-63-7

（　）内は解説者。品切の節はご容赦下さい。

あさのあつこ
燦《さん》 1 風の刃《やいば》
疾風のように現れ、藩主を襲った異能の刺客・燦。彼と剣を交えた家老の嫡男・伊月。別世界で生きていた二人には隠された宿命があった。少年の葛藤と成長を描く文庫オリジナルシリーズ。
あ-43-5

あさのあつこ
燦 2 光の刃
江戸での生活がはじまった。伊月は藩の世継ぎ・圭寿と大名屋敷住まい。長屋暮らしの燦と、伊月が出会った矢先に不吉な知らせが。少年が江戸を奔走する文庫オリジナルシリーズ第二弾！
あ-43-6

あさのあつこ
燦 3 土の刃
「圭寿、死ね」。江戸の大名屋敷に暮らす田鶴藩の後嗣に、闇から男が襲いかかった。静寂を切り裂き、忍び寄る魔の手の正体は。そのとき伊月は、燦は。文庫オリジナルシリーズ第三弾。
あ-43-8

あさのあつこ
燦 4 炎の刃
「闇神波は我らを根絶やしにする気だ」。江戸で男が次々と斬りつけられる中、燦は争う者の手触りを感じる。一方、伊月は圭寿の亡き兄の側室から面会を求められる。シリーズ第四弾。
あ-43-11

あさのあつこ
燦 5 氷の刃
表に立たざるをえなくなった田鶴藩の後嗣・圭寿、彼に寄り添う伊月、そして闇神波の生き残りと出会った燦。圭寿の亡き兄が寵愛した妖婦・静門院により、少年たちの関係にも変化が。
あ-43-14

あさのあつこ
燦 6 花の刃
「手伝ってくれ、燦。頼む」藩政を立て直す覚悟を決めた圭寿は燦に協力を仰ぐ。静門院とお吉のふたりの女子は、驚くべき方法で伊月と圭寿に近づくが――。急展開の第六弾。
あ-43-15

あさのあつこ
燦 7 天の刃
田鶴藩に戻った燦は、篠音の身の上を聞き、ある決意をする。城では圭寿が、藩政の核心を突く質問を伊月の父・伊佐衛門に投げかけていた――。少年たちが闘うシリーズ第七弾。
あ-43-17

あさのあつこ
燦 8 鷹の刃
遊女に堕ちた身を恥じながらも燦への想いを募らせる篠音に、伊月は「必ず燦に逢わせる」と誓う。一方その頃、刺客が圭寿に放たれ――三人三様のゴールを描いた感動の最終巻！
あ-43-18

井川香四郎
男ッ晴れ 樽屋三四郎 言上帳
奉行所の目が届かない江戸庶民の人情と事情に目配りし、事件を未然に防ぐ闇の集団・百眼《ひゃくまなこ》と、見かけは軽薄だが熱く人間を信じる若旦那・三四郎が活躍する書き下ろしシリーズ第1弾。
い-79-1

井川香四郎
かっぱ夫婦 樽屋三四郎 言上帳
ガラクタさえも預かる質屋を営み、店子の暮しを支える長屋の大家夫婦。だが悪徳高利貸しが立ち退きを迫り――。敢然と立ち上がった三四郎の痛快なる活躍を描く、シリーズ第11弾。
い-79-11

井川香四郎
おかげ横丁 樽屋三四郎 言上帳
江戸の台所である日本橋の魚河岸に、移転話が持ち上がった。私欲の為に計画をゴリ押しする老中に、三四郎は反対の声をあげるが、関わる人物が次々と殺されて――。シリーズ第12弾。
い-79-12

井川香四郎
狸の嫁入り 樽屋三四郎 言上帳
桐油屋「橘屋」に届いた、行方知れずの跡取り息子・佐太郎の訃報。だが、とある絵草紙屋の男を死んだはずの佐太郎と疑う浪人が現れた。浪人の狙いは、果たして。シリーズ第13弾。
い-79-13

井川香四郎
近松殺し 樽屋三四郎 言上帳
身投げしようとした商家の手代を助けた謎の老人。百両ばかり入った財布を放り出して去ったこの男、どうやら近松門左衛門と浅からぬ因縁があるらしい――。シリーズ第14弾。
い-79-14

井川香四郎
高砂や 樽屋三四郎 言上帳
将軍吉宗が観能中の江戸城内に、凧のような物体が飛来するなど、不穏な江戸の町。そんななか、佳乃が誘拐される。三四郎は許嫁を救出できるか。大好評シリーズ、感動と驚愕の大団円。
い-79-15

篠 綾子
墨染の桜
更紗屋おりん雛形帖
京の呉服商「更紗屋」の一人娘・おりんは、将軍継嗣問題に巻き込まれ、父も店も失った。貧乏長屋住まいを物ともせず、店の再建のために健気に生きる少女の江戸人情時代小説。（島内景二）
し-56-1

篠 綾子
黄蝶の橋
更紗屋おりん雛形帖
犯罪組織「子捕り蝶」に誘拐された子供を奪還すべく奔走するおりん。事件の真相に迫ると、藩政を揺るがす悲しい現実があった。少女が清らかに成長していく江戸人情時代小説。（葉室 麟）
し-56-2

篠 綾子
紅い風車
更紗屋おりん雛形帖
勘当され行方知れずとなっていた兄・紀兵衛と再会したおりん。喜びもつかの間、兄の修業先・神田紺屋町で起こった染師毒殺事件の犯人として紀兵衛が捕縛されてしまう。（岩井三四二）
し-56-3

篠 綾子
山吹の炎
更紗屋おりん雛形帖
ついに神田に店を出すことになり更紗屋再興に近づいたおりん。ところが大火で店が焼けてしまう。身を寄せた寺で出会ったお七という少女が、おりんの恋に暗い翳を落とす。（大矢博子）
し-56-4

篠 綾子
白露の恋
更紗屋おりん雛形帖
想い人・蓮次が吉原に通いつめ、生まれて初めて恋の苦しさと嫉妬に翻弄されるおりん。一方、熙姫は亡き恋人とおりんのために将軍綱吉の大奥入りへと心を動かされ……。（細谷正充）
し-56-5

篠 綾子
紫草《むらさき》の縁《ゆかり》
更紗屋おりん雛形帖
弟の仇討のため江戸を出た蓮次と別れたおりんは、悲しみから、針を持てず縫物ができなくなってしまう。大奥入りした熙姫の依頼で、将軍綱吉主催の大奥衣裳対決に臨むが……。（菊池 仁）
し-56-6

鳥羽 亮
八丁堀吟味帳
鬼彦組
北町奉行所同心の惨殺屍体が発見された。自殺にみせかけた殺人事件を捜査しているうちに、消されたらしい。吟味方与力・彦坂新十郎と仲間の同心達は奮い立つ！　シリーズ第1弾！
と-26-1

文春文庫　書きおろし時代小説

（　）内は解説者。品切の節はご容赦下さい。

鳥羽 亮
八丁堀吟味帳「鬼彦組」
謀殺

呉服屋「福田屋」の手代が殺された。さらに数日後、番頭らが辻斬りに。尋常ならぬ事態に北町奉行所吟味方与力・彦坂新十郎の率いる精鋭同心衆「鬼彦組」が捜査に乗り出した。シリーズ第2弾。

と-26-2

鳥羽 亮
八丁堀吟味帳「鬼彦組」
闇の首魁

複雑な事件を協力しあって捜査する「鬼彦組」に、同じ奉行所内の上司や同僚が立ちふさがった。背後に潜む町方を越える幕府の闇に、男たちは静かに怒りの火を燃やす。シリーズ第3弾。

と-26-3

鳥羽 亮
八丁堀吟味帳「鬼彦組」
裏切り

日本橋の両替商を襲った強盗殺人。手口を見ると殺しのほかは十年前に巷を騒がした強盗「穴熊」と同じ。だが昔の一味は、鬼彦組の捜査を先廻りするように殺されていた。シリーズ第4弾。

と-26-4

鳥羽 亮
八丁堀吟味帳「鬼彦組」
はやり薬《ぐすり》

江戸の町に流行風邪が蔓延。人気医者・玄泉が出す万寿丸は飛ぶように売れたが、効かないと直言していた町医者が殺された。いぶかしむ鬼彦組が聞きこみを始めると——。シリーズ第5弾。

と-26-5

鳥羽 亮
八丁堀吟味帳「鬼彦組」
謎小町

先ごろ江戸を騒がす「千住小僧」を追っていた同心が殺された！後を追う北町奉行所特別捜査班・鬼彦組に、闇の者どもの「親子の情」が立ちふさがった。大人気シリーズ第6弾！

と-26-6

鳥羽 亮
八丁堀吟味帳「鬼彦組」
心変り

幕府の御用だと偽り戸を開けさせ強盗殺人を働く「御用党」。北町奉行所の特別捜査班・鬼彦組に追い詰められた彼らは、女医師を人質にとるという暴挙にでた！　大人気シリーズ第7弾。

と-26-7

（　）内は解説者。品切の節はご容赦下さい。

鳥羽 亮
八丁堀吟味帳「鬼彦組」
惑い月

賭場を探っていた岡っ引きが惨殺された。手札を切っていた同心にも脅迫が――。精鋭同心衆の「鬼彦組」が動き出す！　倉田佐之助の剣が冴える、人気書き下ろし時代小説第8弾。

と-26-8

鳥羽 亮
八丁堀吟味帳「鬼彦組」
七変化

同心・田上与四郎の御用聞きが殺された。与力の彦坂新十郎は事件の背後に自害しているはずの「目黒の甚兵衛」の影を感じる――果たして真相は？　人気書き下ろし時代小説第9弾。

と-26-9

鳥羽 亮
八丁堀吟味帳「鬼彦組」
雨中の死闘

連続して襲撃される鬼彦組同心の御用聞きたち。やがて明らかになる意外で強大な敵とは？　危険な戦いの中で倉田の剣が冴える、鳥羽亮の大人気書き下ろし時代小説第10弾。

と-26-10

鳥羽 亮
八丁堀吟味帳「鬼彦組」
顔なし勘兵衛

ある夜廻船問屋「黒田屋」のあるじと手代が惨殺された。賊は複数いるらしい……。「鬼彦組」は探査を始めるが、なんと新十郎が襲撃されて傷を負う――緊迫のシリーズ最終作。

と-26-11

野口 卓
ご隠居さん

腕利きの鏡磨ぎ師・梟助じいさん。江戸に暮らす人々の家に入り込み、落語や書物の教養をもって面白い話を披露、時には事件を鮮やかに解決します。待望の新シリーズ。　（柳家小満ん）

の-20-1

野口 卓
心の鏡
ご隠居さん㈡

古き鏡に魂あり。誠心誠意磨いたら心を開いてくれるでしょう――古い鏡にただならぬものを感じ精進潔斎して鏡磨ぎの仕事に挑む表題作など全五篇。人気シリーズ第二弾。　（生島　淳）

の-20-2

（　）内は解説者。品切の節はご容赦下さい。

藤井邦夫
秋山久蔵御用控
島帰り
女誑しの男を斬って、久蔵が島送りにした浪人が務めを終え江戸に戻ってきた。久蔵は気に掛け行き先を探るが、男は姿を消した。何か企みがあってのことなのか。人気シリーズ第二十二弾。
ふ-30-27

藤井邦夫
秋山久蔵御用控
生き恥
金目当ての辻強盗が出没した。怪しいのは金遣いの荒い遊び人とみて、久蔵は旗本の部屋住みなどの探索を進める。そんな折、和馬は旗本家の男と近しくなる。シリーズ第二十三弾。
ふ-30-28

藤井邦夫
秋山久蔵御用控
守り神
博奕打ちが殺された。この男は、お店の若旦那や旗本を賭場に誘い、博奕漬けにして金を巻き上げていたという。久蔵は手下たちとともに下手人を追う。好評書き下ろし第二十四弾！
ふ-30-29

藤井邦夫
秋山久蔵御用控
始末屋
二人の武士に因縁をつけられた浪人が、衆人環視の中、相手を斬り捨てた。尋常の立合いの末であり問題はないと誰もが庇う中、〝剃刀〟久蔵だけが違和感を持った。シリーズ第二十五弾！
ふ-30-30

藤井邦夫
秋山久蔵御用控
冬の椿
かつて久蔵が斬り棄てた浪人の妻と娘。質素ながら幸せそうに暮らす二人だったが、その様子を窺う怪しい男に気づいた和馬は、久蔵に願って調べを始める。人気シリーズ第二十六弾！
ふ-30-31

藤井邦夫
秋山久蔵御用控
夕涼み
十年前に勘当され出奔した袋物問屋の若旦那が、江戸に戻ってきたらしい。隠居した父親は勘当したことを悔い、弥平次に息子捜しを依頼する。〝剃刀〟久蔵の裁定は？　シリーズ第二十七弾！
ふ-30-32

（　）内は解説者。品切の節はご容赦下さい。

藤井邦夫
秋山久蔵御用控
煤払い
博奕打ちが簀巻きにされ土左衛門になって上がった。博奕打ち同士の抗争らしい。〝剃刀〟久蔵は、わざと双方を泳がせて一網打尽にしようと画策する。人気シリーズ第二十八弾！
ふ-30-33

藤原緋沙子
切り絵図屋清七
ふたり静
絵双紙本屋の「紀の字屋」を主人から譲られた浪人・清七郎は、人助けのために江戸の絵地図を刊行しようと思い立つ。人情味あふれる時代小説書下ろし新シリーズ誕生！　（縄田一男）
ふ-31-1

藤原緋沙子
切り絵図屋清七
紅染の雨
武家を離れ、町人として生きる決意をした清七。与一郎や小平次らと切り絵図制作を始めるが、紀の字屋を託してくれた藤兵衛からおゆりの行動を探るよう頼まれて……新シリーズ第二弾。
ふ-31-2

藤原緋沙子
切り絵図屋清七
飛び梅
父が何者かに襲われ、勘定所に関わる大きな不正に気づく清七。武家に戻り、実家を守るべきなのか。切り絵図屋も軌道に乗ったばかりだが――。シリーズ第三弾。
ふ-31-3

藤原緋沙子
切り絵図屋清七
栗めし
二つの殺しの背後に浮上したある同心の名から、勘定奉行の関わる大きな陰謀が見えてきた――大切な人を守るべく、清七と切り絵図屋の仲間が立ち上がる！　人気シリーズ第四弾。
ふ-31-4

山口恵以子
小町殺し
錦絵「艶姿五人小町」に描かれた美女たちが、左手の小指を切り取られて続けざまに殺された。これは錦絵をめぐる連続猟奇殺人なのか？　女剣士・おれんは下手人を追う。　（香山二三郎）
や-53-2

（　）内は解説者。品切の節はご容赦下さい

夢枕 獏
陰陽師《おんみようじ》 蒼猴《そうこう》ノ巻
神々の逢瀬に歯嚙みする猿、秋に桜を咲かせる木、蝶に変わる財物——京の不思議がつぎつぎに晴明と博雅をおとなう大人気シリーズは、いよいよ冴え渡る美しさ、面白さ。

ゆ-2-30

夢枕 獏
おにのさうし
真済聖人、紀長谷雄、小野篁。高潔な人物たちの美しくも哀しい愛欲の地獄絵。魑魅魍魎が跋扈する平安の都を舞台に鬼と女人と恋する男を描く、「陰陽師」の姉妹篇ともいうべき奇譚集。

ゆ-2-26

吉村 昭
磔（はりつけ）
慶長元年春、ボロをまとった二十数人が長崎で磔にされるため引き立てられていった。歴史に材を得て人間の生を見すえた力作。「三色旗」「コロリ」「動く牙」「洋船建造」収録。（曾根博義）
よ-1-12

吉村 昭
虹の翼
人が空を飛ぶなど夢でしかなかった明治時代——ライト兄弟が世界最初の飛行機を飛ばす何年も前に、独自の構想で航空機を考案した二宮忠八の波乱の生涯を描いた傑作長篇。（和田 宏）
よ-1-50

渡辺房男
儲けすぎた男
小説・安田善次郎
安田善次郎は露天の銭両替商から身を起こし、一代で大財閥を築いた。先見性と度胸で勝機を摑み、日本一の銀行家となった男の生涯を活写した歴史経済小説。（末國善己）
わ-15-2

山本一力・児玉 清・縄田一男
人生を変えた時代小説傑作選
自他ともに認める時代小説好きの三人が、そのきっかけとなったよりすぐりの傑作を厳選。あなたも時代小説の虜になる！ 菊池寛、藤沢周平、五味康祐、山田風太郎らの短篇全六篇。

編-20-1

杉本章子・宇江佐真理・あさのあつこ
衝撃を受けた時代小説傑作選
人気時代小説作家三人が、読者として「衝撃を受けた」「とにかく面白い」短編を二編ずつ選んだアンソロジー。藤沢周平、山田風太郎、榎本滋民、滝口康彦、岡本綺堂、菊池寛の珠玉の名作六編。

編-20-2